CHAPITRE I :
JE M'APEL SILENCE
É JE SUIS GENTI

Je mapel silence é je sui genti.

BEAUSONGE ... PETIT HAMEAU ARDENNAIS...

IL FAIT BON Y VIVRE ET RIEN NE SEMBLE POUVOIR TROUBLER CETTE SÉRÉNITÉ...

ENFIN PRESQUE RIEN...

ALORS MAUVY ?... JE SUPPOSE QUE TU NE M'AS PAS FAIT VENIR UNIQUEMENT POUR CLOUER UNE CHOUETTE SUR LA PORTE DE TA GRANGE... D'HABITUDE ON N'A PAS BESOIN D'UN SORCIER POUR ÇA !

ÉCOUTE "LA MOUCHE", T'AS RAISON... C'EST À CAUSE DE SILENCE... TU SAIS, LE MUET, IL M'INQUIÈTE... TU CROIS PAS QU'IL AURAIT LA "MAUVUE" DES FOIS?
MMMH... JE TE COMPRENDS, À MOI AUSSI, IL FAIT PEUR... HEUREUSEMENT QU'IL N'EST PAS TRÈS MALIN... IL A LA MENTALITÉ D'UN GOSSE, IL IGNORE LE MAL!
OUI... PEUT-ÊTRE... MAIS SI ÇA S'ÉVEILLAIT HEIN!... SI ÇA S'ÉVEILLAIT?...
18
ALORS JE...
NOM DE DIEU **SILENCE!**

QU'EST-CE QUE TU FAIS LÀ TOI ? ... TU M'ESPIONNES MAINTENANT ! BOUGRE DE FAINÉANT... FILE NETTOYER L'ÉTABLE !
ALORS "LA MOUCHE", TU VOIS CE QUE JE VEUX DIRE !
MMMH... A TA PLACE, MOI JE ME MÉFIERAIS, ON NE SAIT JAMAIS AVEC UN IDIOT !

DIS DONC SILENCE! JE NE TE NOURRIS PAS POUR QUE TU JOUES AVEC LES BÊTES!
ET D'ABORD, POURQUOI SONT-ELLES AUSSI NERVEUSES CELLES-LÀ ?...
?
cape

... C'EST À TOI CE CARTON ?
cape
TU SAIS POURTANT QUE JE **DÉTESTE** VOIR TRAÎNER QUOI QUE CE SOIT DANS L'ÉTABLE !
cape

... NOM DE DIEU! UNE VIPÈRE!
TE VOILÀ CREVÉE!... SALOPERIE DE BESTIOLE!

SÍ JAMAÍS, TU RECOMMENCES UN TRUC PAREÍL, JE TE TUE! TU M'ENTENDS?... JE TE **TUE!**... COMME JE VÍENS DE LE FAÍRE AVEC CETTE VÍPÈRE!
vipèr
amie
de
silence

TON AMIE HEIN !... PAUVRE IMBÉCILE !... ÇA NE M'ÉTONNE PAS. TU AS DÛ ÊTRE ENGENDRÉ PAR UN DE CES SATANÉS REPTILES POUR AVOIR LA GUEULE QUE TU AS !
... TU VAS FINIR DE NETTOYER L'ÉTABLE ET SURTOUT, ME DÉBARRASSER DU CADAVRE DE TON ..."AMIE" !

MERDE ALORS! QUELLE FROUSSE!... ÇA VALAÎT BÎEN LA PEÎNE DE CLOUER UNE CHOUETTE SUR LA PORTE!... ÎL ME LE PAYERA!
MAÎS COMMENT DÎABLE A-T-ÎL BÎEN PU FAÎRE POUR ATTRAPER CETTE VÎPÈRE SANS SE FAÎRE MORDRE?

BONJOU!
MON AMÍ
LE GRAN
CHÊNE

REGARDE VÍPĒR...
CĒ ÍCÍ QUE SÍLENCE
ÍL CACHE SON TRÉSOR
CĒ LA QUE TU VA
DORMÍ OSSÍ!

ÇA SE LE BATO QUE JE MA FAÏ !... BAU HEIN !... SILENCE ÏL AÏME BÏEN LA MER !
LA MER! LA MER... COME JAÏMERÈ LA VOÏRE UN JOUR!
CÈ MON PLU GRAN SOUAÏ... MÈ LA MER CÈ LOÏN ... È JE NA PA DARGEN!
VOÏLA VIPÈR TU FAÏ PARTÏ MINTENAN DU TRÉSOR DE SILENCE È JE...?

...OUI C'EST ÇA...ET TU ME LIVRES AUSSI 200 KILOS DE FARINE POUR LES COCHONS... OUI... À DEMAIN!
TOC! TOC!

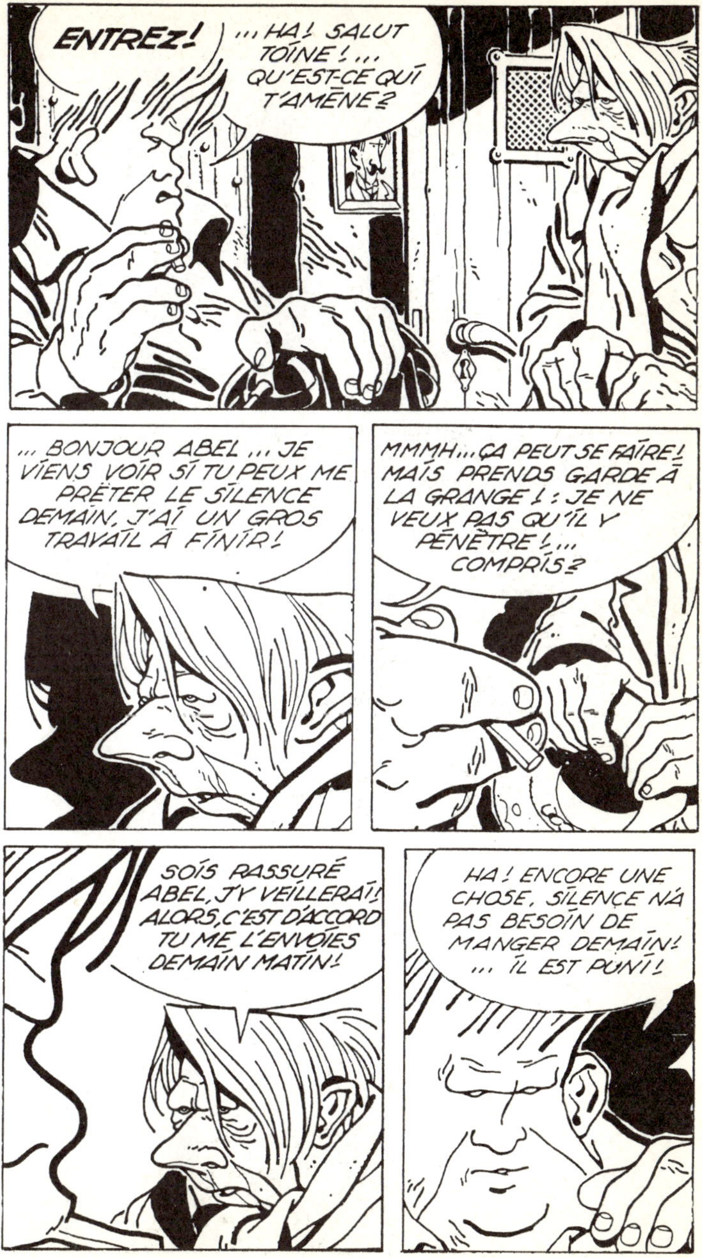
ENTREZ!
... HA! SALUT TOÏNE! ... QU'EST-CE QUI T'AMÈNE?
... BONJOUR ABEL ... JE VIENS VOIR SI TU PEUX ME PRÊTER LE SILENCE DEMAIN, J'AI UN GROS TRAVAIL À FINIR!
MMMH ... ÇA PEUT SE FAIRE! MAIS PRENDS GARDE À LA GRANGE! : JE NE VEUX PAS QU'IL Y PÉNÈTRE! ... COMPRIS?
SOIS RASSURÉ ABEL, J'Y VEILLERAI! ALORS, C'EST D'ACCORD TU ME L'ENVOIES DEMAIN MATIN!
HA! ENCORE UNE CHOSE, SILENCE N'A PAS BESOIN DE MANGER DEMAIN! ... IL EST PUNI!

... BON ABEL !... C'EST TOI QUI SAIS... MAIS... C'EST UN TRAVAIL DUR ET TU NE CROIS PAS QUE...
NON !
... IL EST FORT COMME UN BOEUF !... UN PEU DE DIETE NE LUI FERA PAS DE MAL T'EN FAIS PAS, VA !... ALLEZ... AU REVOIR !
ILS M'EMMERDENT AVEC LEUR FOUTUE SENSIBLERIE !
AH ! ENFIN TE VOILÀ TOI ! C'EST PAS TROP TÔT ! IL EST TEMPS DE TRAIRE LES VACHES ET DE NOURRIR LES COCHONS !

ALORS ?... TU N'AS PAS COMPRIS ?... QU'EST-CE QUE TU ATTENDS ?... ALLEZ ! FILE !
TU AS FAIM, HEIN !... HÉ ! BEN MON VIEUX TU NE MANGES PAS AUJOURD'HUI ! ALLEZ AU TRAVAIL !... ÇA T'APPRENDRA À JOUER AVEC DES VIPÈRES !

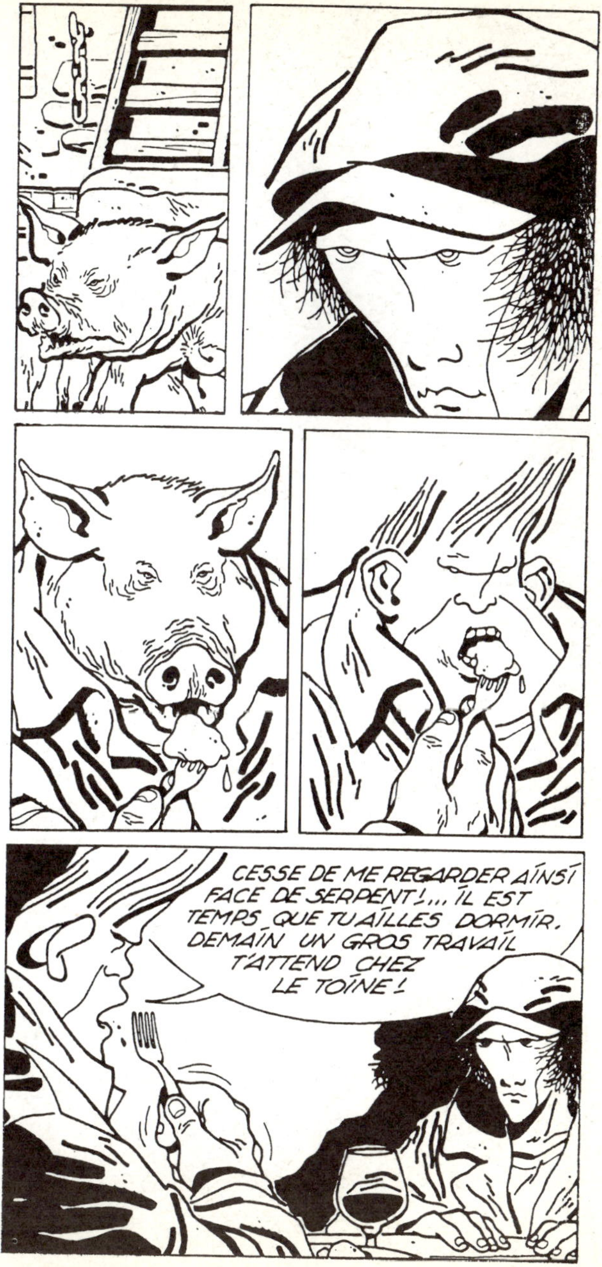
CESSE DE ME REGARDER AINSI FACE DE SERPENT!... IL EST TEMPS QUE TU AILLES DORMIR. DEMAIN UN GROS TRAVAIL T'ATTEND CHEZ LE TOINE!

LE MAÎTE È GENTÎ! MÈ POURCOÎ QUÎ VEU PA QUE JE MANGE?
... PEUTÈTRE ÎL CROÎ QUE JE SUÎ MALATE?... OU TRO GRO?
LE MAÎTE DOR!... SÎ JE DÉSOBÉI ÎL SERA FACHÉ! MÈ JA TRO FAÎN!... ÎL SÈ SUREMEN PA CONBÎEN QUE JA FAÎN!
DÉSOBÉÎR CÈ UN PÉCHÉ! ALOR SÎ JE MEUR MÎNTENAN JE VA EN ENFÈR?... TANPÎ! JA TRO FAÎN!... JÎRA EN ENFÈR!

...DEMIN...JE LUI DIRA QUE JE PEU MANGÉ PASQUE JE SUI PA MALATE COMENT QUIL LE PENSE!
TU CROYAIS QUE JE DORMAIS HEIN SALE VOLEUR!... ET SI JE TE LIVRAIS AUX GENDARMES?... OU SI JE TE COUPAIS UNE MAIN COMME ON FAIT DANS CERTAINS PAYS?

MAIS JE SUIS BON ET GÉNÉREUX. AUSSI VAS-TU PASSER LE RESTE DE LA NUIT À GENOUX LES MAINS SUR LA TÊTE !... ET NE T'ENDORS PAS, JE VEILLERAI !... N'OUBLIE **JAMAIS** CECI : LE MAÎTRE EST **BON** ET **GÉNÉREUX** !

ALLEZ DEBOUT FAÏNÉANT !... JE T'AVAIS DIT DE NE PAS T'ENDORMIR ! IL EST TEMPS D'ALLER CHEZ TOINE !
NOM DE DIEU !...QUELLE NUIT !...JE SUIS CREVÉ !... ET LUI ?...J'Y VAIS PEUT-ÊTRE UN PEU FORT ?...HO ! ET PUIS MERDE ! ÇA LUI FAIT LES PIEDS... SATANÉE FACE DE SORCIER !

REGARDE ! ... VOILÀ "L'IDIOT". C'EST INQUIÉTANT, JE TROUVE QU'IL RESSEMBLE DE PLUS EN PLUS À "L'AUTRE" !
OUAIS ! ... CE QUI NE DOIT PAS FAIRE PARTICULIÈREMENT PLAISIR À ABEL ... ET JE LE COMPRENDS
HÉ ! SILENCE ! ... IL PARAÎT QUE LA MER EST DÉMONTÉE ! IL VA FALLOIR QUE TU ATTENDES QU'ON LA REMONTE POUR POUVOIR LA VOIR ! ... HAHAHA !
HAHAHA ! SACRÉ MARCEL ! T'AS TOUJOURS LE MOT POUR RIRE ... J'Y PENSE, FAUDRA QUE J'AILLE TROUVER ABEL ... J'AI COMMANDÉ UN CAMION DE PAILLE ... L'SILENCE M'AIDERA À LE DÉCHARGER !
MMH ... T'AS RAISON ! ... IL EST P'TET PAS TRÈS MALIN, L'SILENCE ... MAIS IL EST FORT, C'EST UTILE ! ... AU FAIT. À COMBIEN L'AS-TU ACHETÉE, LA PAILLE ?
IL SON GENTI É RIGOLO CHAQUE FOI QUIL ME VOI IL RIE AVEC MOI ! ... J'EN A DE LA CHANCE DAVOIR TAN DE AMI !

AH! TE VOILÀ! VIENS. JE VAIS TE MONTRER CE QU'IL Y A À FAIRE... VA FALLOIR EN METTRE UN SACRÉ COUP, MON GARÇON!
A3
ALLEZ LES HOMMES! IL EST MIDI. LA SOUPE EST SERVIE!
NON, PAS TOI SILENCE, JE REGRETTE... MAIS TON MAÎTRE NE VEUT PAS QUE TU MANGES!

MAIS ENFIN, POURQUOI NE PEUT-IL PAS MANGER? CE N'EST PAS UN MONSTRE TOUT DE MÊME!
CE N'EST PAS UN MONSTRE, MAIS C'EST UN IDIOT!... ET IL POURRAIT DEVENIR DANGEREUX!
SILENCE DEVENIR DANGEREUX! MAIS, IL IGNORE LA HAINE, IL N'A JAMAIS FAIT DE MAL À PERSONNE!
C'EST POSSIBLE, MAIS JE NE VEUX PAS AVOIR D'ENNUIS AVEC ABEL, TU SAIS BIEN QUE NOUS LUI DEVONS ENCORE DE L'ARGENT!
JE N'AIME PAS ÇA... CE N'EST PAS UN CHIEN!... ET NOUS SOMMES LÀ, EN TRAIN DE MANGER PENDANT QUE LUI ATTEND TOUT SEUL DEHORS!
... DEHORS!... NOM DE DIEU!... LA GRANGE!

BEN QUOI LA GRANGE? OH! MON DIEU! C'EST VRAI!...
ENTRÉE
NTERDITE
SILENCE!... N'ENTRE PAS! CE... C'EST INTERDIT!
C'EST TROP DANGEREUX TU COMPRENDS?... HEU!... CETTE GRANGE TOMBE EN RUINES: TU POURRAIS TE BLESSER!

D'AILLEURS, IL N'Y A RIEN A Y VOIR : ELLE NE CONTIENT QUE DES VIEILLERIES... ALLONS, VIENS... ET NE T'EN APPROCHE PLUS !
OUF !... J'AI EU CHAUD !... JE CROIS QU'IL N'A RIEN VU ! N'EMPÊCHE, SI ABEL SAVAIT ÇA !...
OUI, SI ABEL MAUVY SAVAIT, PEUT-ÊTRE COMPRENDRAIT-IL QUE CET INCIDENT BANAL VENAIT D'ÉVEILLER DANS L'ESPRIT D'ENFANT DE SILENCE UNE ÉTRANGE FASCINATION POUR CETTE GRANGE INTERDITE... ET QUE LE DESTIN DE BEAUSONGE ALLAIT S'EN TROUVER MODIFIÉ !...
VOILÀ MON GARÇON ! C'EST TERMINÉ POUR AUJOURD'HUI... TU PEUX RETOURNER. TU AS BIEN TRAVAILLÉ !... J'ESPÈRE QUE TON MAÎTRE LÈVERA TA PUNITION !

SILENCE! ATTENDS!... REGARDE, J'AI QUELQUE CHOSE POUR TOI!
TIENS, PRENDS-LA, MA COUSINE ME L'A ENVOYÉE CET ÉTÉ... ELLE Y ÉTAIT EN VACANCES

HENRIETTE, TU N'AURAIS PAS DÛ LUI DONNER CETTE CARTE, ABEL NE SERA PAS CONTENT!
ABEL! ABEL!... IL M'ÉNERVE CELUI-LÀ! CE N'EST QUAND MÊME PAS UN DRAME DE DONNER UNE MALHEUREUSE CARTE POSTALE!
LA MER!... UNE IMAGE DE LA MER!... COME JE SUI CONTEN... JE LA MÈTRA AU DESU DE MON LI!
ALORS, ÇA A ÉTÉ, CHEZ LE TOINE? ...QU'EST-CE QUE TU AS LÀ?... MONTRE!

MAIS C'EST LA MER !... C'EST BEAU HEIN !... TU NE L'AS PAS VOLÉE J'ESPÈRE ?... COMME TU RISQUES DE L'ABÎMER, JE VAIS LA GARDER ... JE TE LA RENDRAI PLUS TARD !...
TU NE VOUDRAIS PAS QU'ELLE S'ABÎME HEIN ?... UNE SI BELLE CARTE !
SA JY AURA PA PENSÉ TOU SEUL !... JEN A DE LA CHANCE QUE LE MAITE Ê GENTI É QUIL ME GARDE MÊ AFFAIR ! CÊ BIEN !

CHAPITRE II :
LA NUIT DE LA SORCIÈRE

LE CIEL EST DÉCHAÎNÉ CE SOIR. AVANT, J'ADORAIS LES ORAGES ...COURIR NUE SOUS LA PLUIE, SENTIR LA CARESSE FROIDE DU VENT SUR MA PEAU!... AVANT!... POURRAIENT-ILS JAMAIS COMPRENDRE EUX!...

... EUX QUI EN CE MOMENT SE TERRENT SOUS LEURS DRAPS, RÉCITANT DES PRIÈRES ET CHASSANT LEUR PEUR À COUP DE SIGNES DE CROIX! ... COMPRENDRE QUE MAINTENANT C'EST LA NUIT DES SORCIÈRES **MA NUIT!** ... ET PEUT-ÊTRE LA SIENNE AUSSI ... À PRÉSENT QU'IL A VU **LA GRANGE!**

L'APPÂT DU GAÏN T'A FAÏT COMMETTRE TA PREMIÈRE ERREUR, ABEL MAUVY... LES TEMPS SONT PROCHES! ...MAÏS OSERA-T-ÏL?

JA PEUR!...MĒ ÏL FÔ QUE JE VA DAN LA GRANGE JE SAÏ PA POURQUOÏ MĒ ÏL FÔ QUE JÏ VA!

Les-Saintes-Maries
de-la-Mer
le 24 Mai 1938.
...1938 !... SA ALOR, CĒ VÎEU ! MAÏ JE SAVĒ PA QUE LA SAÎNTE MARÎ EL ĒTAÏ A PLUSÎEUR Ē QUEL ĒTAÏ DE LA MER !... SA CĒ BÎEN !

BAM!
BAM!
BAM!
CĒ PEUTĒTRE LE MAÍTE QUĪ VÍEN ME CHERCHÉ ?... ĪL DOĪ ĒTRE TRĒ FACHÉ... SÍL ME TROUVE JAMAĪ, ĪL VA ME BATTRE!
SUNI

DÈ FANTOM! ÍL Y A DÈ FANTOM DAN LA GRANGE!... JA PEUR!
BÍEN LE BONSOÍR À VOUS CHERS AMÍS! ...ET MERCÍ D'ÊTRE VENUS SÍ NOMBREUX ASSÍSTER À NOTRE SPECTACLE
...NOTRE PETÍT THÉÂTRE AMBULANT ESPÈRE VOUS DÍSTRAÍRE, ET LE TEMPS D'UNE SOÍRÉE, VOUS FAÍRE OUBLÍER VOS PEÍNES ET VOS SOUCÍS...
"PLUS NE SUÍS CE QUE J'AÍ ÉTÉ ET NE LE SAURAÍ JAMAÍS ÊTRE ; MON BEAU PRÍNTEMPS ET MON ÉTÉ ONT FAÍT LE SAUT PAR LA FENÊTRE...

...AMOUR, TU AS ÉTÉ MON MAÎTRE : JE T'AÎ SERVÎ SUR TOUS LES DÎEUX. O SÎ JE POUVAÎS DEUX FOÎS NAÎTRE, COMME JE TE SERVÎRAÎS MIEUX! " *
...MÈ! JE LA RECONAÎ!... CÈ LA "SORCÎÈRE" CELLE QUÎ ABÎTE PRÈ DU BOÎ! MÈ COMENT S'QUELLE FAÎ? PÎSQUELLE Ê **AVEUGLE** Ê QUELLE **VOÎ PA!**
* CLEMENT MAROT. 16e
ET TOÎ, PAUVRE PRÎNCE FOU... DE LA MORT ÎLS TE FÎRENT CADEAU NE LAÎSSANT POUR COUVRÎR MES BLESSURES QUE SOUVENÎRS ET RÎDÎCULE PARURE!
...ALORS SATÎSFAÎTS... ÎLS PURENT DÎRE, TELS NOÎRS CORBEAUX :
" SOUVENT JE PENSE A FUNERAÎLLE, A CELA C'EST TOUT MON REMORS. NE ME CHAUT COMMENT ÎL EN AÎLLE DE L'AME, MAÎS QUE J'AYE LE CORPS. " *
* ANONYME

HI.HI.HI...COME CÉ DROLE! CÉ COME LA TÉVÉLISION CHÉ LE MAÎTE, JE MAMUSE BIEN MÉ JE NE CONPREN RIEN A SE QUELLE RACONTE!
SALOPERIE D'ORAGE!... M'A RÉVEILLÉ, ENFIN IL S'ÉLOIGNE... ET ÇA FERA TOUJOURS DE L'EAU POUR LES RÉSERVES! MAIS PLUS MOYEN DE DORMIR... PAS COMME CET IMBÉCILE LÀ-HAUT! : DOIT DORMIR À POINGS FERMÉS! POUR LE RÉVEILLER, FAUDRAIT QUE LA FOUDRE LUI TOMBE SUR LA GUEULE!

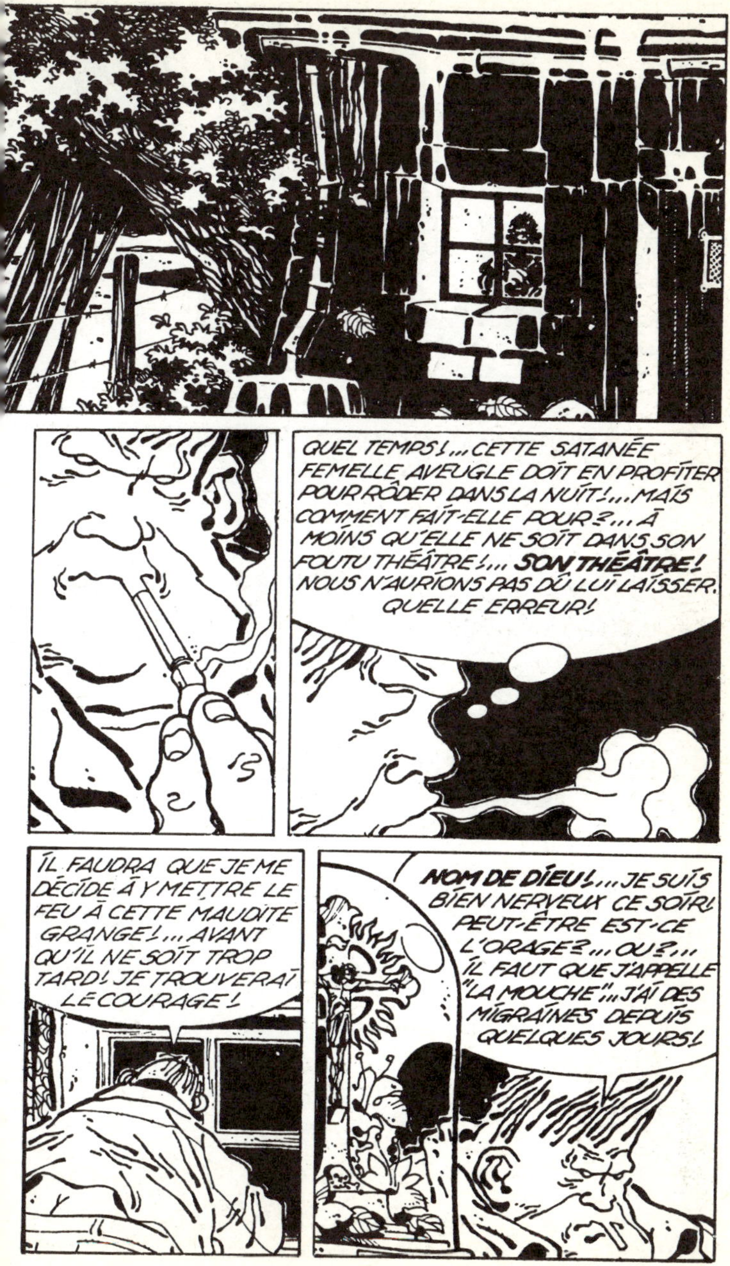
QUEL TEMPS!... CETTE SATANÉE FEMELLE AVEUGLE DOIT EN PROFITER POUR RÔDER DANS LA NUIT!... MAIS COMMENT FAIT-ELLE POUR?... À MOINS QU'ELLE NE SOIT DANS SON FOUTU THÉÂTRE!... SON THÉÂTRE! NOUS N'AURIONS PAS DÛ LUI LAISSER. QUELLE ERREUR!
IL FAUDRA QUE JE ME DÉCIDE À Y METTRE LE FEU À CETTE MAUDITE GRANGE!... AVANT QU'IL NE SOIT TROP TARD! JE TROUVERAI LE COURAGE!
NOM DE DIEU!... JE SUIS BIEN NERVEUX CE SOIR! PEUT-ÊTRE EST-CE L'ORAGE?... OU?... IL FAUT QUE J'APPELLE "LA MOUCHE"... J'AI DES MIGRAINES DEPUIS QUELQUES JOURS!

J'ESPÈRE QUE CE N'EST PAS CETTE SORCIÈRE DE MALHEUR QUI M'A JETÉ UN SORT!?... SI C'ÉTAIT LE CAS, PRENDS GARDE FEMELLE DU DIABLE : **J'AURAI TA PEAU!**
ET SI TOUT CELA N'ÉTAIT QUE LE FRUIT DE MON IMAGINATION?... BAH! "LA MOUCHE" CHASSERA MES CRAINTES... J'ESPÈRE!
?... MÊ CÊ **LE MAÎTE!**... HI. HI. HI. COME IL Ê COMIQUE! CÊ DOMAGE QU'IL SE VOI PA COME ÇA, IL SERAI CONTEN!
... LE ROI DE PIQUE DÉCRÉTA QU'IL N'Y AVAIT PAS DE PLACE EN CE MONDE POUR LES PRINCES FOUS, FUSSENT-ILS DE COEUR!... OR, Y A-T-IL PIRE FOLIE QUE L'AMOUR?...

ALORS, LE PRINCE FOU DEMANDA AUX LAMES DU TAROT DE LUI OUVRIR SON LIVRE DU DESTIN!...
XIII
LA·MORT
D'ABORD VINT LE 13° ARCANE MAJEUR "MEM"... LA MORT! , IL FUT SUIVI PAR LE 12° ARCANE MAJEUR "LAMED" ... LE PENDU! MALHEUREUSEMENT CELA NE POUVAIT SIGNIFIER QU'UNE CHOSE :
XII
LE·PE

...LE PRINCE FOU DEVAIT MOURIR !... D'UNE MORT TRAGIQUE !
... POURQUOI QUE LA SORCIERE ELLE A TUÉ LE GRAN LAPIN AVEC SE DROLE DOREILES ? ÇA CÊ PA GENTI !

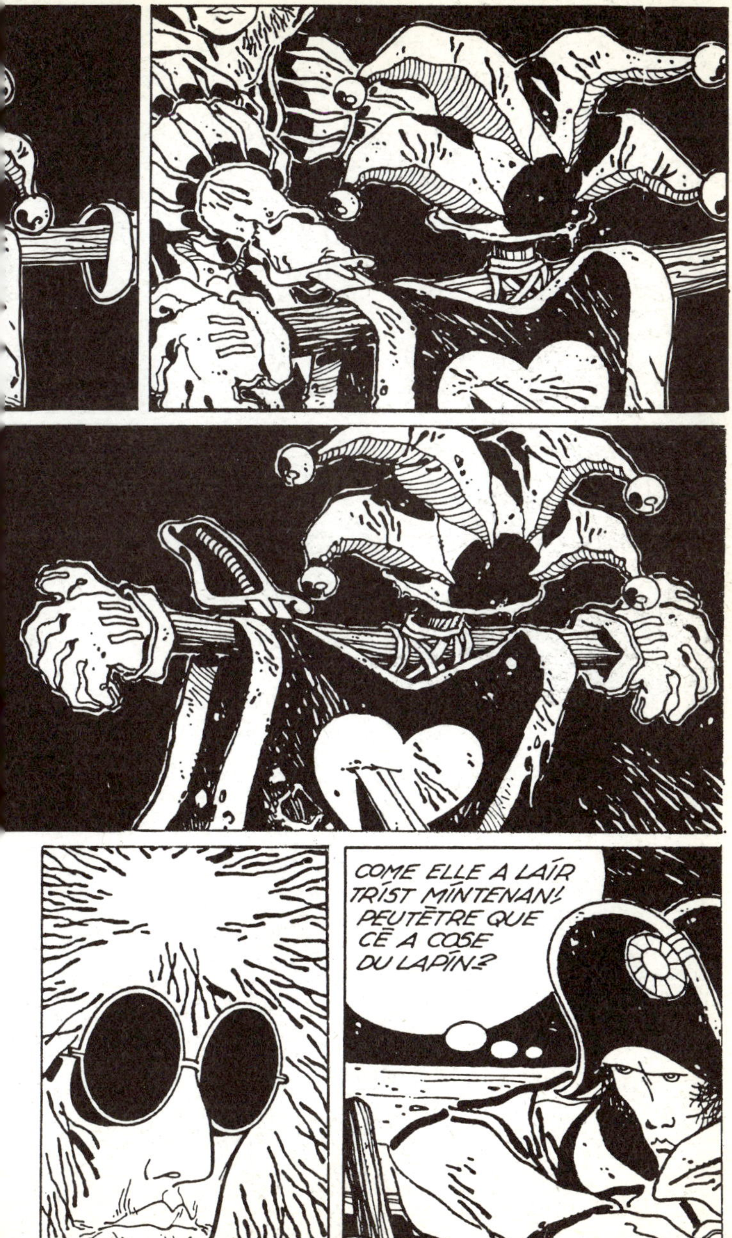
COME ELLE A LAÍR TRÍST MÍNTENAN! PEUTÊTRE QUE CÊ A COSE DU LAPÍN?

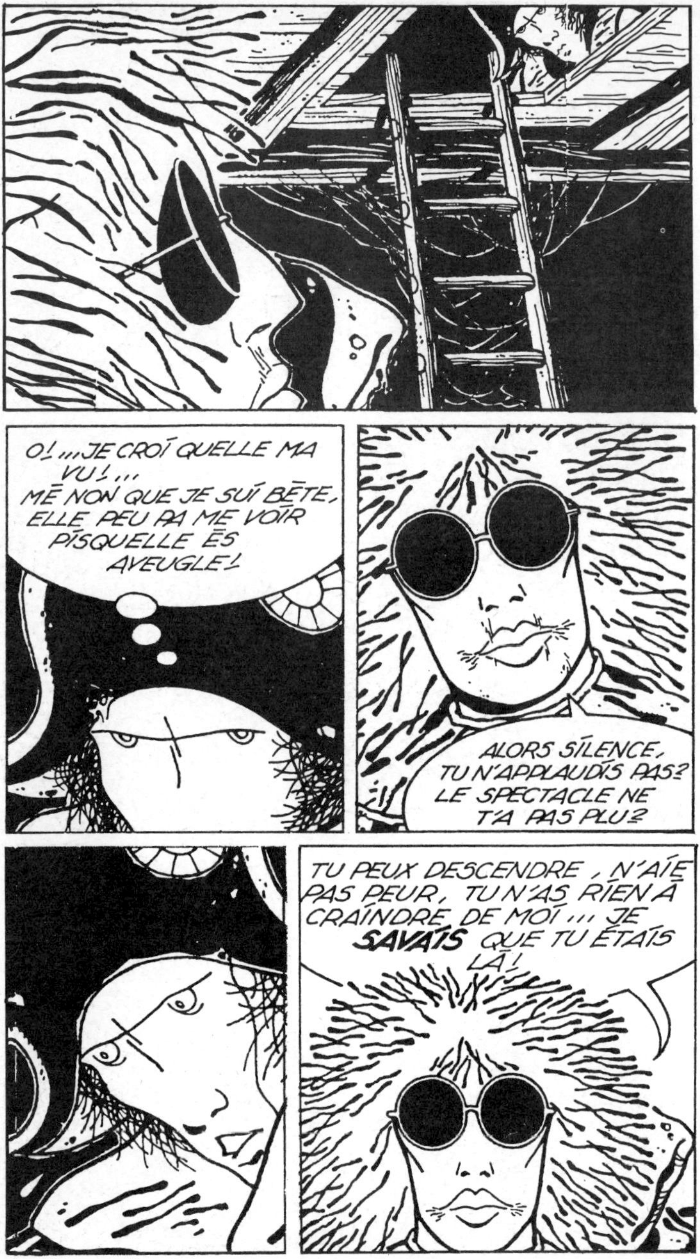
O! ... JE CROÍ QUELLE MA VU! ...
MĒ NON QUE JE SUÍ BĒTE, ELLE PEU PA ME VOÍR PÍSQUELLE ĒS AVEUGLE!
ALORS SÍLENCE, TU N'APPLAUDÍS PAS? LE SPECTACLE NE T'A PAS PLU?
TU PEUX DESCENDRE, N'AÍE PAS PEUR, TU N'AS RÍEN À CRAÍNDRE DE MOÍ ... JE SAVAÍS QUE TU ÉTAÍS LÀ!

VIENS, APPROCHE-TOI, JE NE TE VEUX AUCUN MAL !... TU NE LE SAIS PAS ENCORE, MAIS JE SUIS TON AMIE... TA **SEULE** AMIE !
...J'AIMERAIS QUE TU METTES LE BONNET DE FOU QUI SE TROUVE SUR LE MANNEQUIN !
...VIENS... VIENS PLUS PRÈS : QUE MES DOIGTS PUISSENT TE VOIR... IL Y A LONGTEMPS QUE J'ATTENDS CE MOMENT !

TU ES BIEN TEL QUE JE T'IMAGINAIS... LE PRINCE FOU, CE SERA TOI DÉSORMAIS ... JE TE PROTÉGERAI !

SOIS REMERCIÉE SARA LA NOIRE TU AS ENTENDU MON APPEL, CETTE NUIT MARQUE LE DÉBUT DE LA VENGEANCE... SILENCE, NOS POUVOIRS RÉUNIS LES FERONT TREMBLER!
...MAIS IL EST TEMPS QUE NOUS NOUS SÉPARIONS POUR AUJOURD'HUI... TU DOIS RETOURNER MAINTENANT!
...ÉCOUTE-MOI BIEN... PERSONNE NE DOIT SAVOIR QUE TU ES VENU ICI... ET QUE NOUS NOUS SOMMES RENCONTRÉS... **PERSONNE** TU M'ENTENDS ?!... N'OUBLIE PAS!... IL Y VA DE TA VIE, TU COMPRENDS... DE **TA VIE!**
MÊ... COMEN S'QUELLE SAVÈ QUE JÉTÈ LA ?... ÇA JE CONPREN PA!

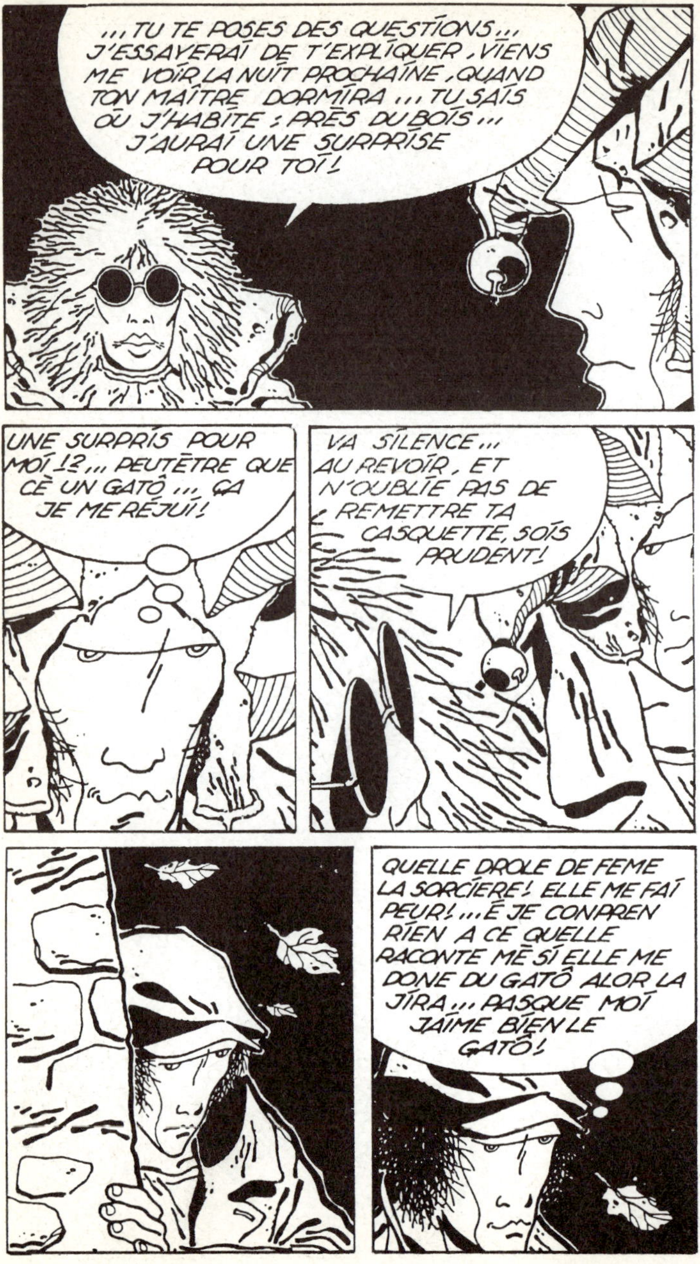
...TU TE POSES DES QUESTIONS... J'ESSAYERAI DE T'EXPLIQUER. VIENS ME VOIR LA NUIT PROCHAINE, QUAND TON MAÎTRE DORMIRA... TU SAIS OÙ J'HABITE : PRÈS DU BOIS... J'AURAI UNE SURPRISE POUR TOI!
UNE SURPRIS POUR MOI !?... PEUTÊTRE QUE CÈ UN GATÔ... ÇA JE ME RÉJUI!
VA SILENCE... AU REVOIR, ET N'OUBLIE PAS DE REMETTRE TA CASQUETTE, SOIS PRUDENT!
QUELLE DROLE DE FEME LA SORCIERE! ELLE ME FAI PEUR!...È JE CONPREN RIEN A CE QUELLE RACONTE MÈ SI ELLE ME DONE DU GATÔ ALOR LA JIRA... PASQUE MOI JAIME BIEN LE GATÔ!

ET ALORS ?... ON SE CROÎT CHEZ LES RICHES ?... MONSIEUR FAIT LA GRASSE MATINÉE !... LES VACHES VONT SE TRAIRE TOUTES SEULES PEUT-ÊTRE ? ALLEZ ! DEBOUT ! FAINÉANT !

ÇA ALOR! JA TRO DORMÎ... CÊ A COSE DE LA NUÎT PASSÉ LE MAÎTE Ê FACHÉ, MÊ ÎL SAÎ PA QUE CE SOÎR JAURA DU GATÔ Ê LUÎ PA!
ET DÉPÊCHE-TOI! ... JE DOIS PARTIR TOUT À L'HEURE ET JE VAIS TE DONNER DE QUOI T'OCCUPER PENDANT CE TEMPS, CELA T'ÉVITERA DE FAIRE DES BÊTISES!
IL VAUT MIEUX QUE J'AILLE CHEZ "LA MOUCHE" PLUTÔT QUE DE LE FAIRE VENIR ICI, CE QUE J'AI À LUI DEMANDER NE REGARDE PERSONNE ET SURTOUT PAS CETTE FACE DE SERPENT

SI QUELQU'UN PEUT M'AIDER, C'EST BIEN "LA MOUCHE"! SON PÈRE DÉJÀ ÉTAIT RECONNU COMME LE PLUS FORT DE LA RÉGION!
HOLÀ! IL Y A QUELQU'UN?... HÉ! "LA MOUCHE"! C'EST MOI... ABEL... ABEL MAUVY

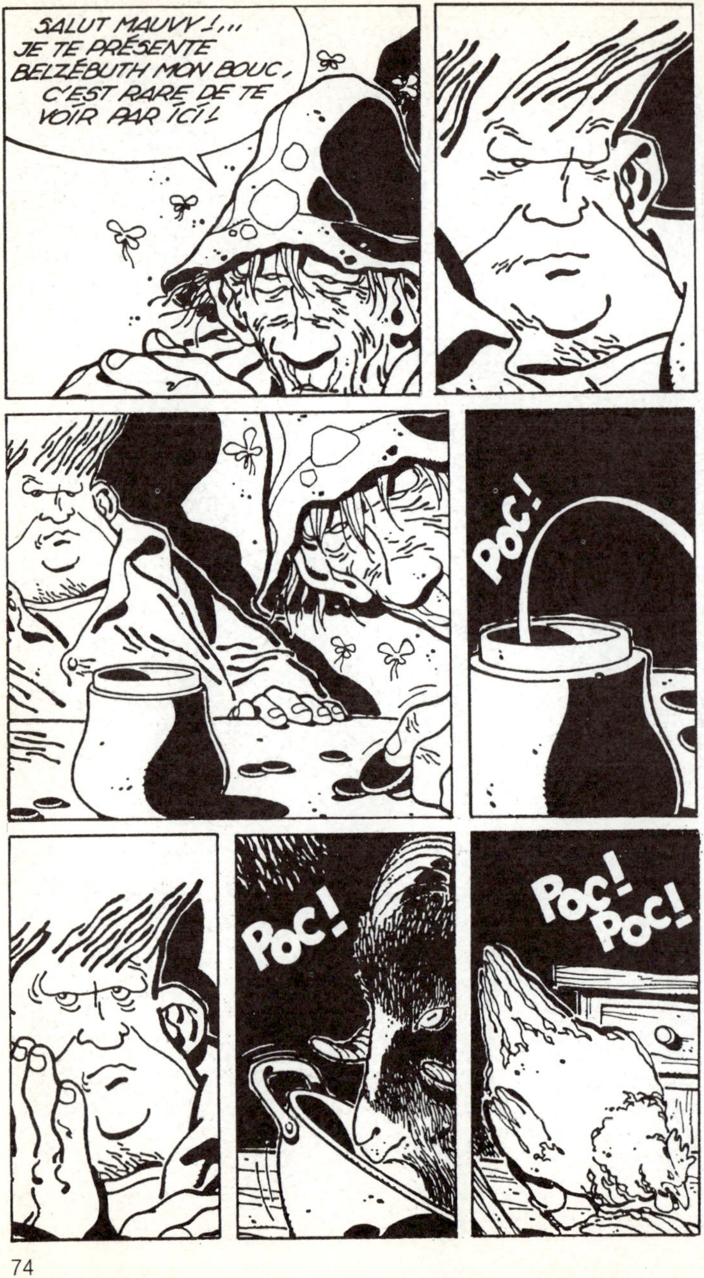
SALUT MAUVY !... JE TE PRÉSENTE BELZÉBUTH MON BOUC, C'EST RARE DE TE VOIR PAR ICI !
POC !
POC !
POC ! POC !

POC!
POC!
T'AS DES ENNUIS ?...
J'AI DES MIGRAINES DEPUIS QUELQUE TEMPS. J'AI ESSAYÉ PLUSIEURS MÉDICAMENTS : RIEN N'Y FAIT... JE ME DEMANDE SI ON NE M'A PAS JETÉ UN SORT !
MMMH... UN SORT !... COMME TU Y VAS ! ... ET LES MÉDECINS, T'Y AS PAS PENSÉ ? PARAÎT QU'ILS GUÉRISSENT TOUT À CETTE HEURE !

PFFT! DIS PAS DE CONNERIES. CEUX-LÀ, ILS GUÉRISSENT SURTOUT LES PORTE-FEUILLES! TU LEUR DIS BONJOUR ET TU EN AS DÉJÀ POUR 1000 F! NON, JE CROIS PLUTÔT À UNE MANIGANCE D'UN DE TES SEMBLABLES!
BON!... ÉCRIS SUR UN PAPIER EN Y PENSANT TRÈS FORT, LE NOM DE CEUX QUE TU SOUPÇONNES DE TE VOULOIR DU MAL!
"AU NOM DE DIEU LE TOUT-PUISSANT, QUE J'AIE LA GRÂCE DE RECONNAÎTRE LE SORCIER OU LA SORCIÈRE!"

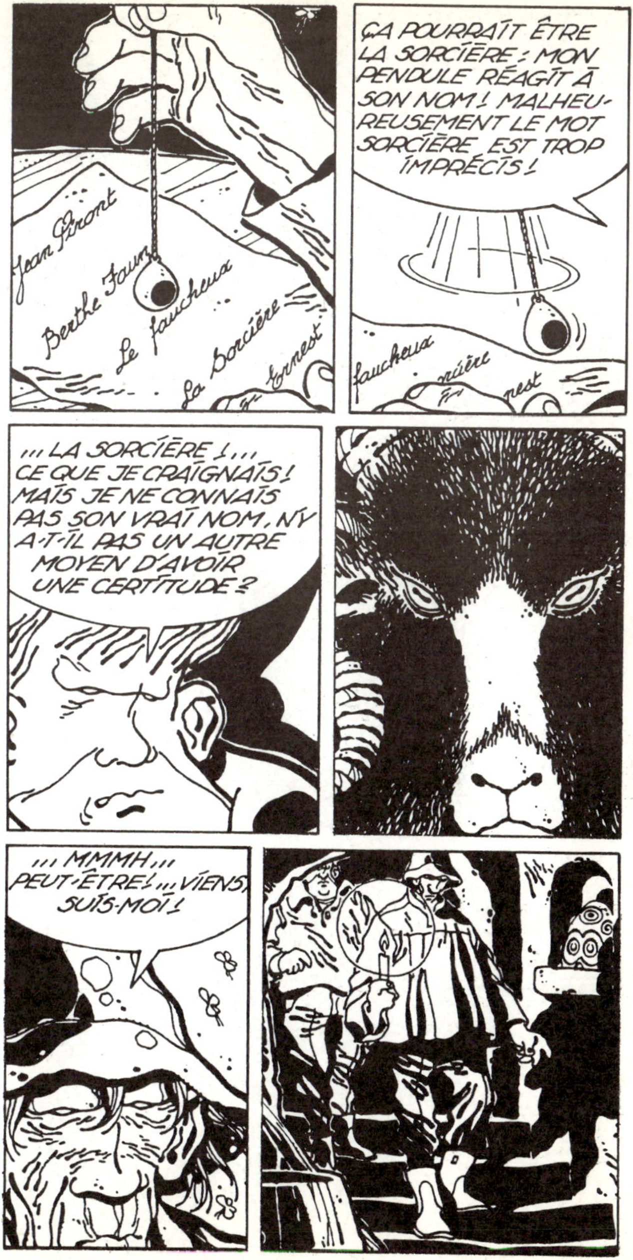
Jean Piront
Berthe Faun
Le faucheux
La Sorcière
Ernest
ÇA POURRAIT ÊTRE LA SORCIÈRE : MON PENDULE RÉAGIT À SON NOM ! MALHEUREUSEMENT LE MOT SORCIÈRE EST TROP IMPRÉCIS !
... LA SORCIÈRE !... CE QUE JE CRAIGNAIS ! MAIS JE NE CONNAIS PAS SON VRAI NOM. N'Y A-T-IL PAS UN AUTRE MOYEN D'AVOIR UNE CERTITUDE ?
... MMMH... PEUT-ÊTRE !... VIENS, SUIS-MOI !

PENDANT QUE JE TOURNERAÏ DANS LE SEAU, TU DÏRAS SANS T'ARRÊTER : "C'EST MOÏ QUÏ LE VEUX!"
"JE TE CONJURE, ONAZARDE, AROGANÏ, LABÏLAFO, PARANDOMO, AZÏZOULA, MARACTATON, SÏRANDAY, EPTALETON, LAMBOURED, DE FAÏRE AP-PARAÏTRE DANS L'EAU DE CE SEAU LE VÏSAGE DE L'ENNEMÏ D'ABEL MAUVY!"
QUEN ÏL REVÏENDRA LE MAÏTE ÏL SERA CONTEN QUE JA BÏEN TRAVALLÉ SAN RÏEN CASSÉ! ... É CE SOÏR QUEN ÏL DORMÏRA JÏRA CHÉ LA SORCÏÈRE!
"C'EST PAS MA FAUTE! C'EST PAS MA FAUTE! C'EST PAS MA FAUTE! C'EST PAS MA FAUTE!"
"C'EST MOÏ QUÏ LE VEUX! C'EST MOÏ QUÏ LE VEUX! C'EST MOÏ QUÏ LE VEUX! C'EST MOÏ QUÏ LE VEUX!"

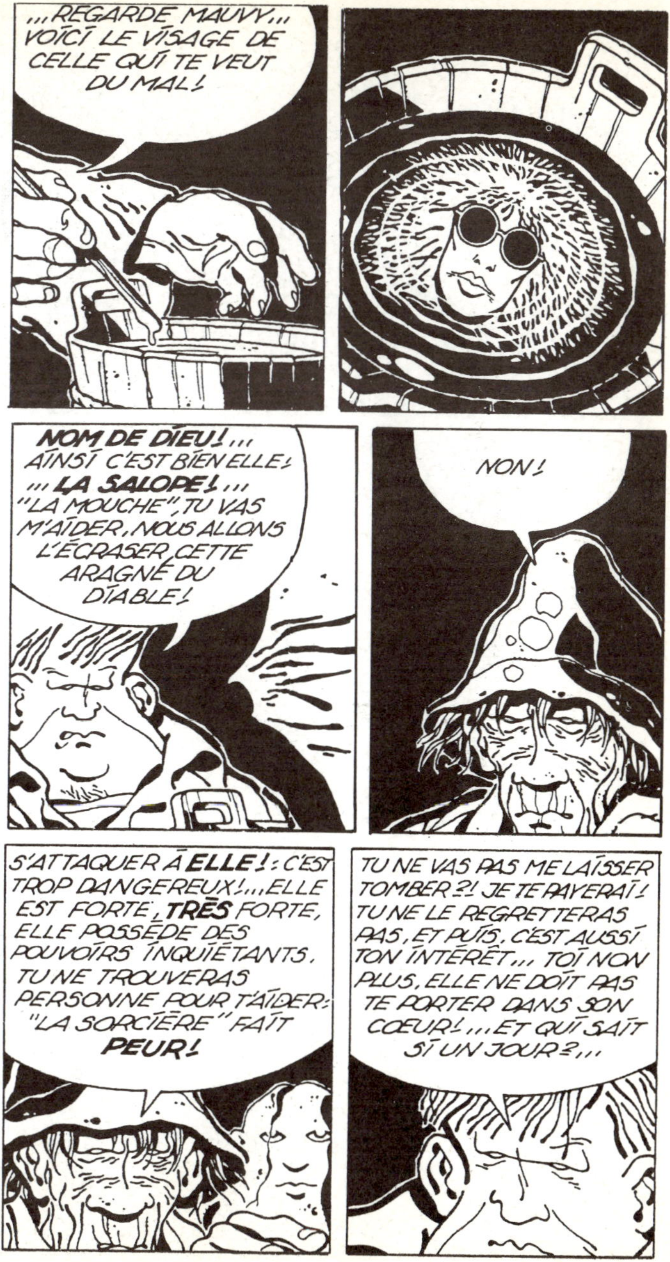
...REGARDE MAUVY... VOÏCI LE VISAGE DE CELLE QUI TE VEUT DU MAL!
NOM DE DIEU!... AINSI C'EST BIEN ELLE! ...LA SALOPE!... "LA MOUCHE", TU VAS M'AIDER, NOUS ALLONS L'ÉCRASER, CETTE ARAGNÉ DU DIABLE!
NON!
S'ATTAQUER À ELLE!: C'EST TROP DANGEREUX!...ELLE EST FORTE, TRÈS FORTE, ELLE POSSÈDE DES POUVOIRS INQUIÉTANTS. TU NE TROUVERAS PERSONNE POUR T'AIDER: "LA SORCIÈRE" FAIT PEUR!
TU NE VAS PAS ME LAISSER TOMBER?! JE TE PAYERAI! TU NE LE REGRETTERAS PAS, ET PUIS, C'EST AUSSI TON INTÉRÊT... TOI NON PLUS, ELLE NE DOIT PAS TE PORTER DANS SON COEUR!...ET QUI SAIT SI UN JOUR?...

MMMH... JE CRAINS QUE TU N'AIES RAISON... IL FAUT QUE JE RÉFLÉCHISSE AU MEILLEUR MOYEN DE "BARRER" TES MIGRAINES ET AUSSI, COMMENT NOUS POURRIONS ÉLIMINER **DÉFINITIVEMENT** LA SORCIÈRE!
VA MAINTENANT MAUVY. J'AI BESOIN D'ÊTRE SEUL. JE REVIENDRAI TE VOIR LE PLUS TÔT POSSIBLE... AIE CONFIANCE : JE TROUVERAI UNE SOLUTION!
IL È GENTI LE MAITE AVEC MOI... IL ME DI TOUJOUR QUE JE SUI LE ROI DÈ INBÉCIL!...
CÈ DOMAGE QUE JE SAI PA CE QUE CÈ UN INBÉCIL!

CHAPITRE III :
LE SANG DES GITANS

EUREUSEMEN QUE LE MAITE IL VA DORMI TÔ! COME ÇA J'A PA DU ATENDRE TRO LONTEN POUR SORTIR!
MOI JAIME BIEN ME PROMENÉ LA NUI... ON ENTEN BÔCOU DÈ BRUI É ON SAI PA QUOIQUE CÉ QUI LÈ FAI... QUEN IL FAI NOIR JA PA PEUR! CÈ LE JOUR QUE JA PEUR!
A! VOILA LA MAISON DE LA SORCIÈRE!... JÈSPÈR QUELLE AURA PA MANGÉ TOU LE GATÔ!

?
PAS BESOIN DE FRAPPER SILENCE... ENTRE!
BONSOIR SILENCE, JE SAVAIS QUE TU ARRIVAIS ... JE T'AI FAIT DE LA LUMIÈRE... MOI, JE N'EN AI PLUS BESOIN!
... JE T'AVAIS PROMIS UNE SURPRISE... REGARDE, C'EST POUR TOI!
... MÈ... CE NE PA DU GATÔ!
C'EST UN GRAND COQUILLAGE, METS LE CONTRE TON OREILLE ET ÉCOUTE...

...CE QUE TU ENTENDS, C'EST LE BRUÏT DE LA MER... LE BRUÏT DES VAGUES!
CÈ MERVÈLLÏEU QUE LA MER ELLE È LA DEDAN!... MÈ... JE CONPREN PA COMEN S'QUELLE FAÏ POUR PA COULER DEHOR?

ÎL EST À TOÎ DÉSORMAÎS, MAÎS TU DEVRAS LE LAÎSSER ÎCÎ ,,, CAR RAPPELLE-TOÎ: PERSONNE NE DOÎT SAVOÎR QUE NOUS NOUS CONNAÎSSONS ,,,C'EST ENCORE TROP TÔT!
MAÎS POUR NOUS, LES TEMPS SONT VENUS!,,, TU AS REMARQUÉ QUE MALGRÉ MES YEUX MORTS JE SEMBLE "VOÎR" CERTAÎ-NES CHOSES! AÎNSÎ TA PRÉSENCE DANS LA GRANGE OU TON ARRÎVÉE ÎCÎ ,,, C'EST EXACT, MA CÉCÎTÉ M'A AMENÉE À DÉ-VELOPPER DES POUVOÎRS QUE JE POSSÉDAÎS À L'ÉTAT LATENT!
TOÎ AUSSÎ, TU AS DES POUVOÎRS BÎEN QUE TU N'EN SOÎS PAS CONSCÎENT! ,,,ET CES POUVOÎRS, JE VAÎS M'EFFORCER DE TE LES RÉVÉLER ET SURTOUT, DE LES AMPLÎFÎER! ,,, JE VEUX CHASSER LES BRUMES QUÎ OBSCURCÎSSENT TON ESPRÎT!
SÎLENCE! ,,,L'ÎDÎOT DU VÎLLAGE ,,,TOÎ DONT "ÎLS" SE MOQUENT TOÎ QU'ÎLS EXPLOÎTENT, JE VEUX QUE TU DEVÎENNES UN PERSONNAGE REDOUTABLE , CRAÎNT ET REDOUTÉ POUR SA PUÎSSANCE! ,,,COMME JE LE SUÎS MOÎ-MÊME!
ÎL FAUT QUE JE TE FASSE COMPRENDRE POURQUOÎ TOUT CECÎ EST NÉCESSAÎRE ET QUELS SONT LES LÎENS QUÎ NOUS UNÎSSENT TOÎ ET MOÎ : DES LÎENS DE HAÎNE!

UNE HAÏNE COMMUNE POUR LES HABITANTS DE CE VILLAGE QUI NOUS ONT TANT FAIT SOUFFRIR!
MÈ QUÈ CE QUELLE RACONT?... É DABOR CË QUOI LA HÈNE?
POUR OUVRIR LES PORTES DE L'OUBLI ET DE LA VIE, JE DOIS UTILISER CERTAINES CLEFS... SOIS SANS CRAINTE JE SUIS TON AMIE, FAIS-MOI CONFIANCE. JE NE TE VEUX AUCUN MAL!
TIENS, BOIS, C'EST UN PEU AMER, MAIS FORCE-TOI À LE BOIRE TOUT. CE SONT DES EXTRAITS DE PLANTES ET DE CHAMPIGNONS MÉLANGÉS À UN PEU DE LAIT ET DE MIEL!
BOUATCH!...CË MÔVAI... JAIME MIEU LE CACAO!

MĒ QUĒCE QUE JA?... TOUT CÈT FUMÉE QUÍ SEN MAL... BOUATCH! JE DEVĪEN MALATE!

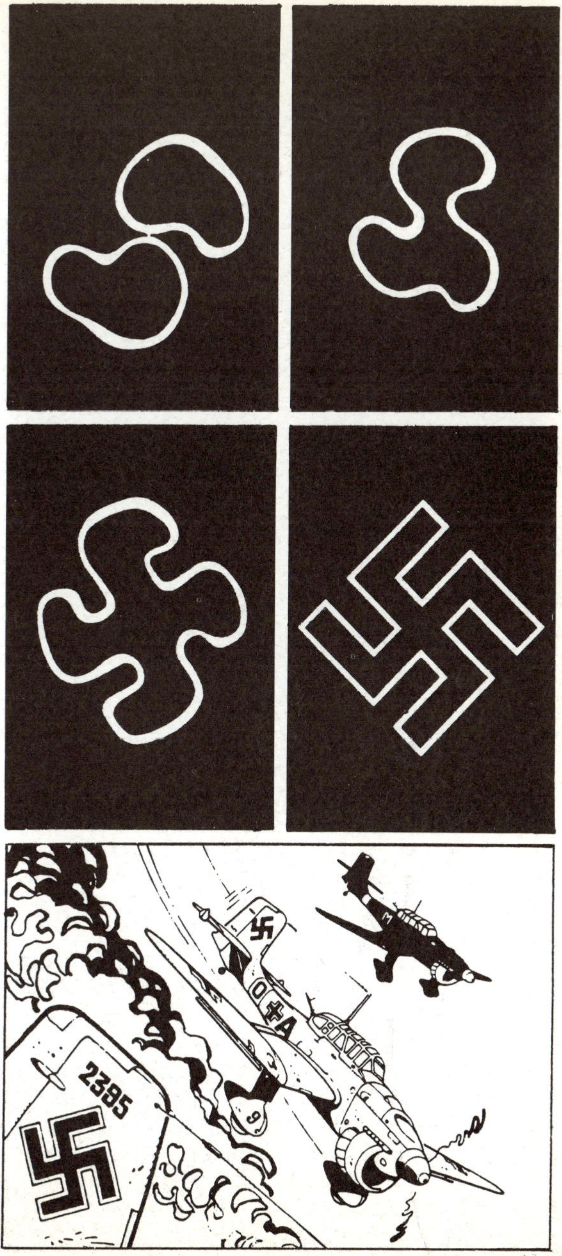
2395

"NOUS SOMMES EN MAI 1940...
C'EST LA GUERRE! LES TROUPES
ALLEMANDES ENVAHISSENT LA
BELGIQUE. LES ROUTES SE
COUVRENT DE CIVILS EN FUITE,
QUE PARFOIS, LES SINISTRES
AVIONS À CROIX NOIRE N'HÉSI-
-TENT PAS À MITRAILLER!..."
"SURPRIS AU COURS D'UNE TOURNÉE, GEORGIO ET MOI
SUR NOTRE DERVINE FUYONS PAREILLEMENT L'AVANCE
ALLEMANDE CAR LES ALLEMANDS PLUS ENCORE
QUE LES AUTRES "GADJÉS" N'AIMENT PAS LES TZIGANES»

" JE M'APPELLE SARA ET LUI, C'EST GEORGIO : **MON HOMME !...**
NOUS SOMMES DES TZIGANES, NOUS AVONS CHOISI D'ÊTRE
DES SALTIMBANQUES AUSSI ERRONS NOUS PAR LES
ROUTES AVEC NOTRE PETIT THÉÂTRE AMBULANT.
POUR VIVRE, NOUS DONNONS DES REPRÉSENTATIONS
DANS LES VILLAGES QUE NOUS TRAVERSONS ! "

...C'EST COMME SI BRUSQUEMENT, J'ÉTAIS DEVENU PLUS INTELLIGENT !
"GEORGIO TROUVAIT QUE LE DANGER ÉTAIT TROP GRAND SUR CES ROUTES ENCOMBRÉES."
"C'EST POURQUOI, DÈS QUE CELA A ÉTÉ POSSIBLE, NOUS AVONS QUITTÉ LES ROUTES PRINCIPALES."
"NOUS IGNORIONS QU'EN NOUS FAISANT EMPRUNTER CES PETITS CHEMINS DE LA CAMPAGNE ARDENNAISE, LE DESTIN NOUS FIXAIT RENDEZ-VOUS AVEC UNE SOUFFRANCE BIEN PLUS GRANDE QUE CELLE DONNÉE PAR LES GRANDS OISEAUX NOIRS !"

"BEAUSONGE !... IL MÉRITAIT BIEN SON NOM CE PETIT VILLAGE PAISIBLE : TOUT Y ÉTAIT CALME, COMME SI CE QUI SE PASSAIT SUR LES ROUTES NON LOIN DE LÀ NE LE CONCERNAIT PAS !..."

"CE FUT CELA SANS DOUTE QUI DÉCIDA GEORGIO À S'ARRÊTER ET À DEMANDER À UN VIL-LAGEOIS OÙ TROUVER UN PRÉ POUR Y PASSER LA NUIT."

"À NOTRE GRAND ÉTONNEMENT CAR, C'ÉTAIT TOUT À FAIT INHABITUEL : HOMME PROPOSA SA GRANGE POUR ABRITER LA DERVINE."

"GEORGIO ÉTAIT INDÉCIS... CETTE PROPOSITION LUI PARAISSAIT SUSPECTE, MAIS L'ARRIVÉE ÉVEN-TUELLE DES ALLEMANDS DANS LE VILLAGE LUI FIT PRÉFÉRER ABRITER LA DERVINE... ET IL ACCEPTA L'OFFRE DU GADJO !"

"LA GRANGE ÉTAIT SPACIEUSE ET CONTENAIT NOTAMMENT UNE PETITE SCÈNE ET DES SIÈGES CAR ELLE SERVAIT OCCASIONNELLEMENT DE SALLE DES FÊTES..
JE LA RECONNAIS !... C'EST LA GRANGE DE TOINE : LA GRANGE INTERDITE !
AUSSI, MALGRÉ NOTRE FATIGUE ; AVONS-NOUS DÉCIDÉ DE DONNER UNE REPRÉSENTATION DU SPECTACLE CE SOIR-LÀ !

«LE SPECTACLE FUT UN SUCCÈS, QUASI TOUT LE VILLAGE ÉTAIT LÀ ! À PART LES JEUNES HOMMES QUI EUX, ÉTAIENT PARTIS : MOBILISÉS POUR FAIRE LA GUERRE ! »
«REGARDE BIEN CETTE JEUNE FEMME : ELLE VA AVOIR UNE GRANDE IMPORTANCE DANS NOTRE DESTINÉE ! »

"ELLE S'APPELLE VIOLANTE, ELLE EST TRÈS BELLE ET LE SAIT ! „

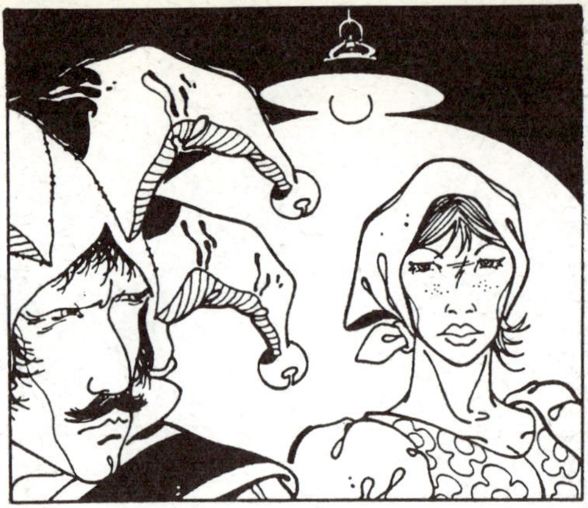

"APRÈS LA REPRÉSENTATION, LE FERMIER EST VENU NOUS TROUVER, ET NOUS AVONS COMPRIS POURQUOI IL NOUS AVAIT ACCUEILLIS SI FACILEMENT DANS SA GRANGE : EN EFFET, À CAU-SE DE LA MOBILISATION, LE VILLAGE SOUFFRAIT DE L'ABSENCE DES HOMMES JEUNES ET LES TRAVAUX DES CHAMPS PRE-NAIENT BEAUCOUP DE RETARD ! „

"IL NOUS OFFRIT DE RESTER CHEZ LUI : NOUS POURRIONS VIVRE DANS LA GRANGE ET GEORGIO TRAVAILLERAIT DANS LES FERMES ET DE TEMPS EN TEMPS, NOUS DONNERIONS DES SPEC-TACLES POUR LES VILLAGEOIS „

"GEORGIO MARQUA SON ACCORD, ESTI-MANT PLUS PRUDENT D'ATTENDRE QUE LA SITUATION SE CLARIFIE AVANT DE REPRENDRE LA ROUTE ! „

"ET C'EST AINSI QUE COMMENÇA POUR NOUS UNE NOUVELLE VIE: NOUS ÉTIONS DEVENUS DES HABITANTS PROVISOIRES DE BEAUSONGE"
"LE TRAVAIL DANS LES CHAMPS N'ÉTAIT PAS TROP DÉSAGRÉABLE POUR GEORGIO, CAR COMME TOUT VRAI TZIGANE, IL CONNAISSAIT ET AIMAIT BEAUCOUP LES CHEVAUX!"
"QUANT À MOI, J'AIDAIS DE MON MIEUX LES VILLAGEOIS DANS LEURS TÂCHES JOURNALIÈRES. MAIS BIENTÔT, ON ME DEMANDA DE DONNER PAR LES TAROTS OU LE PENDULE DES NOUVELLES DES SOLDATS ABSENTS!"

"JE N'AVAIS JAMAIS ÉTÉ UNE "DRABARNI" C'EST-À-DIRE, UNE DISEUSE DE BONNE AVENTURE ; MAIS J'ÉTAIS INITIÉE À CES PRATIQUES. AUSSI, PAR NÉCESSITÉ ET PAR AMUSEMENT AI-JE JOUÉ LE JEU,,

"ET VOILÀ COMMENT POUR BEAUSONGE, JE SUIS DEVENUE "**LA SORCIÈRE**"

"SANS LE SAVOIR, JE VENAIS DE M'ATTIRER LA HAINE D'UN PERSONNAGE REDOUTABLE !... "LA MOUCHE" : LE SORCIER DU VILLAGE, IL NE VOYAIT PAS D'UN BON ŒIL L'ARRIVÉE D'UNE CONCURRENTE À BEAUSONGE !,,

"SON PÈRE DÉJÀ, AVAIT LA RÉPUTATION D'ÊTRE UN SORCIER PUISSANT... IL POSSÉDAIT LES "MAUVAIS LIVRES" TELS : LES CLAVICULES DE SALOMON, LE GRAND ET LE PETIT ALBERT AINSI QUE LE FAMEUX DRAGON ROUGE À COUVERTURE BLEUE. ON PRÉTEND MÊME QU'IL UTILISAIT LES INCANTATIONS DU GRIMOIRE DU PAPE HONORIUS, MAIS ÇA, JE NE LE CROIS PAS : C'EST TROP DANGEREUX !,,

"LE PÈRE SEMBLE AVOIR EU DES POUVOIRS INQUIÉTANTS, ON DIT NOTAMMENT QUE SON REGARD ÉTAIT CAPABLE DE TUER DE PETITS ANIMAUX. À SA MORT, QUAND ON L'A PORTÉ EN TERRE, LE CERCUEIL ÉTAIT TELLEMENT LÉGER QUE D'AUCUNS ONT SOUTENU QUE LA NUIT, LE DIABLE ÉTAIT VENU RECHERCHER SON BIEN!"

"MOINS FORT PEUT-ÊTRE QUE SON PÈRE, "LA MOUCHE" POSSÈDE DES POUVOIRS ET DES CONNAISSANCES QUI EN FONT UN ENNEMI TERRIBLEMENT DANGEREUX!"

"DANS CETTE CAMPAGNE ARDENNAISE, OÙ LE DIABLE ET LE BON DIEU FONT BON MÉNAGE, DES ÊTRES COMME "LA MOUCHE" CRAINTS ET REDOUTÉS, ONT ÉNORMÉMENT D'IMPORTANCE, D'AUTANT PLUS QUE LA SORCELLERIE SERT LA HAINE! ET LA HAINE, CE N'EST PAS CE QUI MANQUE À BEAUSONGE."

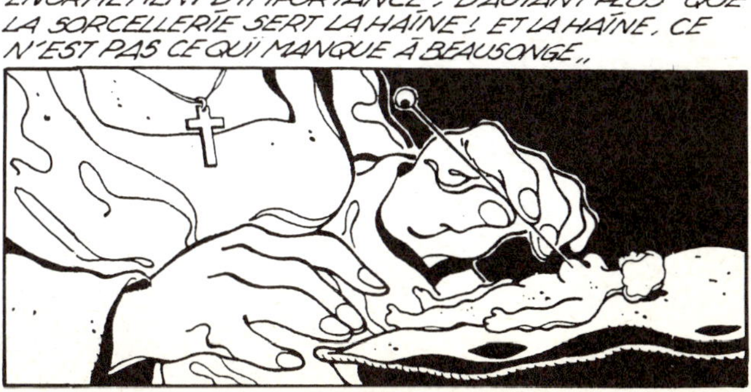

"CEPENDANT, AU DÉBUT, LA VIE AU VILLAGE ÉTAIT PAISIBLE. PARFOIS, NOUS VOYIONS PASSER DES COLONNES DE SOLDATS ALLEMANDS, SURTOUT DE L'INFANTERIE ET HEUREUSE--MENT, ILS NE S'ARRÊTAIENT PAS ET NOUS LAISSAIENT TRANQUILLES."

"MAIS UN JOUR, ON DEMAN-DA À GEORGIO D'ALLER TRAVAILLER À LA FERME RENARD!"

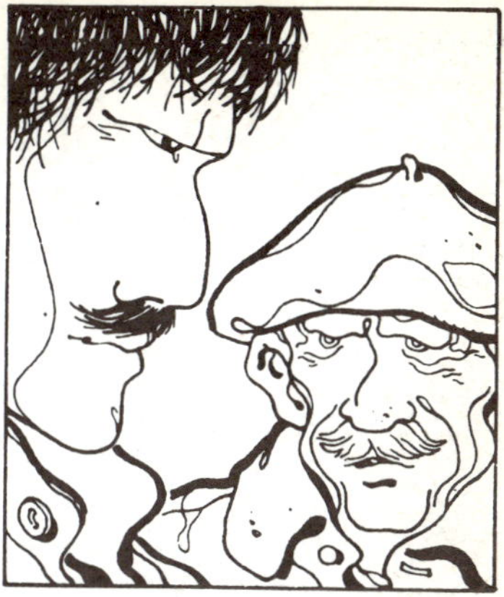

"LA FERME RENARD! UNE BELLE GRANDE FERME DONT LES DEUX FILS SONT SOLDATS, ELLE N'EST PLUS TENUE QUE PAR LE PÈRE ET SA FILLE : VIOLANTE!"

"ILS SONT DEVENUS AMANTS!

OUI, ILS SONT DEVENUS AMANTS, ET MOI, AVEC MON PENDULE, MES TAROTS ET TOUS MES TRUCS, JE NE L'AVAIS PAS PRÉVU ! JE VOYAIS CERTAINES CHOSES POUR LES AUTRES, MAIS PAS POUR MOI !
MAIS, VIOLANTE ÉTAIT PROMISE À UN JEUNE FERMIER DE BEAUSONGE !
"ABEL MAUVY !... COMME LES AUTRES DU VILLAGE IL ÉTAIT PARTI : MOBILISÉ DANS LES GARDES - FRONTIÈRE...
LE MAÎTRE !... QUAND IL ÉTAIT JEUNE, MAIS QUE VIENT-IL FAIRE DANS CETTE HISTOIRE ?

"ON ÉTAIT SANS NOUVELLE DE LUI. MAIS UN JOUR, IL EST REVENU !... LES ALLE-MANDS L'AVAIENT LIBÉRÉ ; SA QUALITÉ D'EXPLOITANT AGRICOLE LUI AVAIT ÉPAR-GNÉ LA CAPTIVITÉ EN AL-LEMAGNE !"

1

"BEAUSONGE APPROUVA L'ATTITUDE D'ABEL MAUVY ET CACHA LE MEURTRE ! ...QUELLE IMPORTANCE, LA MORT D'UN VAGABOND ! ET LA TRAHISON DE VIOLANTE FUT MISE SUR LE COMPTE D'UN ENVOÛTEMENT DE GEORGIO »

ACCUSATION RIDICULE ! : GEORGIO N'AVAIT PAS BESOIN D'ENVOÛTEMENT POUR SE FAIRE AIMER !
"ON ME FIT COMPRENDRE QUE J'AVAIS INTÉRÊT À ME TAIRE, ET QU'IL VALAIT MIEUX QUE JE NE QUITTE PAS LE VILLAGE !... D'AILLEURS, OÙ AURAIS-JE ÉTÉ ? SANS PAPIERS PAR CES TEMPS TROUBLÉS : C'EST MOI, QUI AURAIS EU DES ENNUIS !..
"J'ÉTAIS DÉSEMPARÉE, LA TRISTESSE ET LE DÉSESPOIR ANNIHILAIENT MA VOLONTÉ. AUSSI, JE DEVINS VIRTUELLEMENT PRISONNIÈRE DE BEAUSONGE ET DE MA SOLITUDE !..
"ALORS, DÉBUTA POUR MOI UNE EXISTENCE MISÉRABLE. JE VIVAIS AU-DESSUS DE LA GRANGE. ON M'AVAIT PRIS LA DERVINE ET LE CHEVAL. JE ME SENTAIS CONSTAMMENT SURVEILLÉE, ET JE DEVAIS FAIRE LES TRAVAUX LES PLUS HUMILIANTS POUR SUBSISTER !..
"QUANT À VIOLANTE, ON S'APERÇUT BIENTÔT QU'ELLE ATTENDAIT UN ENFANT DE GEORGIO. FURIEUX, SON PÈRE L'OBLIGEA À ÉPOUSER ABEL MAUVY. ELLE ACCEPTA À CONDITION DE POUVOIR GARDER L'ENFANT... LE MARIAGE EUT LIEU !..

"ABEL MAUVY FAISAIT UNE BONNE AFFAIRE, LES FRÈRES DE VIOLANTE TOUJOURS ABSENTS; IL GÉRA LES DEUX FERMES, DEVENANT DE CE FAIT PRATIQUEMENT LE MAÎTRE DES DEUX DOMAINES... ET L'HOMME LE PLUS PUISSANT DE BEAUSONGE!"

"MOI, JE NE VIVAIS PLUS... J'EXISTAIS! SOUVENT, LA TÊTE EMPLIE DE SOUVENIRS DE REGRETS, JE COURAIS LES BOIS À LA RECHERCHE VAINE DE LA SÉPULTURE DE GEORGIO. MA DÉTRESSE ÉTAIT GRANDE... JE ME SENTAIS DAMNÉE!"

"LE MOMENT DE LA DÉLIVRANCE ARRIVA POUR VIOLANTE, ON APPELA LA VIEILLE MATHILDE : LA SAGE-FEMME DU VILLAGE."

"MALHEUREUSEMENT, L'ACCOUCHEMENT SE PASSA TRÈS MAL ! VIOLANTE MIT AU MONDE UN GARÇON. ON PARVINT À SAUVER L'ENFANT, MAIS LA MÈRE MOURUT DANS D'ATROCES SOUFFRANCES : FAUTE DE SOINS ADÉQUATS !.."

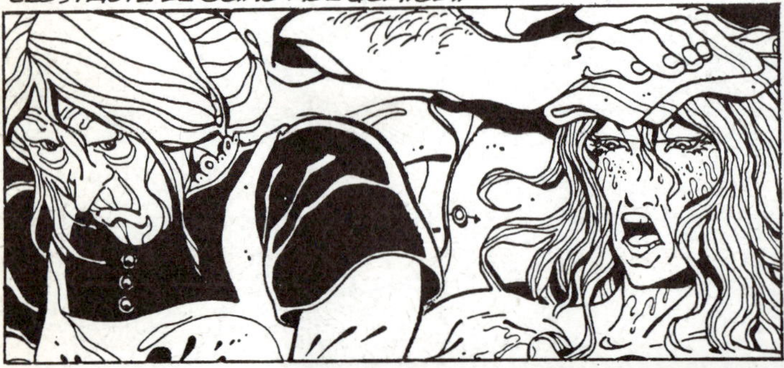

"LE BÉBÉ ÉTAIT VIVANT, MAIS, CES CRIS QUI MARQUENT L'ENTRÉE DANS LA VIE D'UN ENFANT, IL NE LES POUSSA POINT : IL ÉTAIT **MUET !** ... C'EST POURQUOI IL FUT APPELÉ **SILENCE !** "

OUI SILENCE, TU ES LE FRUIT DE L'AMOUR D'UN GITAN ET D'UNE GADJIE : GEORGIO ET VIOLANTE ! LA MORT LES AVAIT SÉPARÉS, TA VENUE LES A RÉUNIS. MAIS PAR CET ULTIME CADEAU, TU SCELLAS TON DESTIN ET LE MIEN !
CES ÉVÈNEMENTS DRAMATIQUES PROVOQUÈRENT UNE GRANDE ÉMOTION À BEAUSONGE, ET ABEL MAUVY N'EUT AUCUN MAL À EXCITER LA COLÈRE DES VILLAGEOIS À MON ÉGARD : JE DEVAIS ÊTRE RESPONSABLE DE LA MORT DE VIOLANTE ET DE TON INFIRMITÉ !... J'AVAIS SÛREMENT PAR JALOUSIE, JETÉ UN SORT À LA MÈRE ET À SON ENFANT !
JE TE JURE SILENCE QUE C'EST FAUX, JAMAIS JE N'AURAIS SOUHAITÉ QUE DE TELS MALHEURS ARRIVENT !... C'EST VRAI QUE JE SOUFFRAIS, MAIS C'EST PLUS TARD QUE LA HAINE EST VENUE. IL FAUT QUE TU ME CROIES !
"ET C'EST AINSI QU'UN SOIR, "ILS" SONT VENUS !...

"ABEL MAUVY ÉTAIT LE SEUL À AVOIR LE VISAGE DÉCOUVERT. LES AUTRES DISSIMULAIENT LEUR IDENTITÉ SOUS UNE CAGOULE. CETTE FARCE MACABRE FRISAIT LE RIDICULE, MALHEUREUSEMENT, CE ...

"LE VILLAGE M'AVAIT JUGÉE, ET "ILS" ÉTAIENT LÀ POUR EXÉCUTER LA SENTENCE!"

"ILS AVAIENT AMENÉ AVEC EUX UN BRASERO DANS LEQUEL PLONGEAIT UNE BARRE DE FER!"

"D'APRÈS EUX, J'AVAIS LA "MAUVUE"... LE MAUVAIS ŒIL! ET L'ON M'ACCUSAIT D'AVOIR JETÉ DES SORTS, PROVOQUANT LE MALHEUR À BEAUSONGE. AUSSI, ÉTAIS-JE CONDAMNÉE À AVOIR LES **YEUX BRÛLÉS** : AINSI, DISPARAÎTRAIENT MES POSSIBILITÉS DE FAIRE LE MAL."

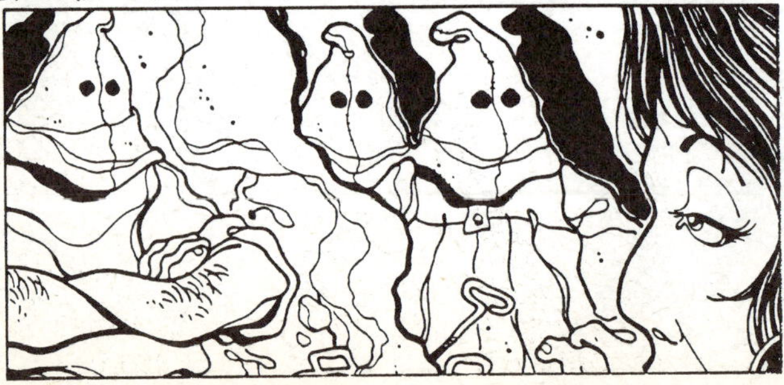

... N'ÉTAIT PAS UNE SINISTRE COMÉDIE ! ET LEURS INTENTIONS DÉPASSAIENT EN HORREUR TOUT CE QUE J'AURAIS PU IMAGINER !..

"MES CRIS DE DOULEUR DURENT GLACER LE SANG DES HABITANTS DE BEAUSONGE ! ET BIEN DES SIGNES DE CROIX FURENT NÉCESSAIRES POUR QU'ILS RETROUVENT BONNE CONSCIENCE !"
REGARDE CE QU'ILS ONT FAIT DE MOI, ET TU COMPRENDRAS POURQUOI DEPUIS CETTE NUIT-LÀ, JE NE PENSE PLUS QU'À UNE CHOSE !... LA VENGEANCE !
ET LE TEMPS DE LA VENGEANCE EST ARRIVÉ ... CAR TU ES VENU ! ... C'ÉTAIT CRUEL DE TE SORTIR DE TON INNOCENCE, MAIS IL LE FALLAIT POUR QUE TU COMPRENNES ... J'AI BESOIN DE TOI ! ... TU REMPLACERAS MES YEUX MORTS, NOUS FORMERONS UN "GESTALT" C'EST-À-DIRE UNE ASSOCIATION : UNIS PAR UNE MÊME HAINE !
L'EFFET DES DROGUES VA SE DISSIPER, TU REDEVIENDRAS COMME AVANT ... MAIS IL TE RESTERA QUELQUES SOUVENIRS DE CE QUE TU VIENS DE VOIR. ET J'ESPÈRE ARRIVER À ENLEVER PETIT À PETIT LES TOILES D'ARAIGNÉES QUI VOILENT TON ESPRIT !
MAIS, C'EST VRAI ! JE SENS QUE LES CHOSES NE SONT PLUS AUSSI ... ÔSSI CLAIR QUE TANTÔ ! ... JE ... JE REDEVIEN BÊT ... COME CÉ TRIST !

CE NE SERA PAS FACILE, MAIS IL FAUT QUE TU AIES CONFIANCE EN MOI !
JE SUI DENOUVÔ BÊT... JE SUI DENOUVÔ BÊT, JE SUI REDEVENU UN IDIÔ !
NON. JE NE CROIS PAS QUE TU SOIS RÉELLEMENT UN IDIOT, MAIS JAMAIS ON NE T'A AIDÉ ! AU CONTRAIRE, PAR ESPRIT DE VENGEANCE, ABEL A TOUT FAIT POUR AGGRAVER TA DÉBILITÉ, AINSI, SON EMPRISE SUR TOI ÉTAIT ENCORE PLUS GRANDE !
TU COMPRENDS MAINTENANT D'OÙ TE VIENT TON ATTIRANCE POUR LA MER ... C'EST LE SANG DE TON PÈRE QUI PARLE EN TOI : LE SANG DE GEORGIO, LE MÊME QUE LE MIEN... **LE SANG DES GITANS !**
LE SAN DES GITAN !? MÈ QUÈS CE QUEL RACONT ? JE CONPREN PA ! ET... J'A MAL A LA TÊT !

J'Á DU TRO MANGÉ DU GATÔ! MĒ ĒS CE QUE JEN A MANGÉ? JE NE ME SOUVÍEN PLU!
POURQUOÍ QUE JE SUÍ SÍ TRÍST?... CĒ DROL ... JE SAVEZ PA QUON POUVÉ ĒTRE SÍ TRÍST... SUREMEN QUE J'Á ATRAPÉ CET DROL DE MALADÍE...
COMEN S'QUEL L'APEL ENCOR?... HA! OUÍ, **LA HĒNE!**

CHAPITRE IV :
LE SIGNE DU CRAPAUD

TAP TAP
"SORS DE TON ANTRE, PUSTULEUSE CRÉATION DU GRAND FOURCHU!... PAR LA MÈRE NOIRE, JE TE L'ORDONNE, ET QUE LE SCEAU DU GRAND SALOMON TE RÉDUISE À MA MERCI!"
VIENS... VIENS PETIT BAVEUX, OUI... C'EST ÇA... APPROCHE. "LA MOUCHE" A BESOIN DE TOI... À NOUS DEUX, NOUS ALLONS ÉLIMINER LA SORCIÈRE!

LE LENDEMAIN...
SALUT ABEL, Y A-T-IL MOYEN DE NE PAS ÊTRE DÉRANGÉS?
OUAIS, ENTRONS, L'IDIOT EST CHEZ LE FRANZ, IL Y DÉCHARGE UN CAMION DE PAILLE ...NOUS SERONS TRANQUILLES! ... TU AS DU NEUF?...

MES MIGRAINES SONT DE PLUS EN PLUS VIOLENTES. J'ATTENDAIS IMPATIEMMENT TA VENUE, J'ESPÈRE QUE TU SAURAS METTRE FIN AUX AGISSEMENTS DE CETTE MAUDITE FEMELLE!
RASSURE-TOI, J'AI LÀ DE QUOI L'EMPÊCHER DE NUIRE DÉFINITIVEMENT!... MAIS AVANT, JE VAIS T'ENLEVER LE FEU QU'ELLE A MIS DANS TA TÊTE!
JE POURRAIS ESSAYER DE LUI RENVOYER TES DOULEURS, MAIS CE CHOC EN RETOUR RISQUERAIT D'ÉVEILLER SES SOUPÇONS, JE PRÉFÈRE EFFECTUER UN TRANSFERT!
DONNE-MOI LA PLANTE QUI SE TROUVE SUR L'APPUI DE FENÊTRE, J'AI BESOIN AUSSI D'UN PEU DE TON SANG!

QU'EST-CE QUE TU VERSES?...
JE NE DEVRAIS PAS TE LE DIRE, MAIS C'EST DE L'EAU BÉNITE QUE J'AI VOLÉE À L'ÉGLISE St PHOLIEN UNE VEILLE DE PENTECÔTE!
"PAR CE SEL CONSACRÉ, **MAL**, QUI QUE TU SOIS, QUELS QUE SOIENT TON PRINCIPE ET TA NATURE, TOI QUI AS OBÉI AU COMMANDEMENT DE NOTRE SEIGNEUR LORSQU'IL T'ORDONNA DE QUITTER LE CORPS DE LA BELLE-MÈRE DE SAINT PIERRE...

JE T'ORDONNE, AU NOM DU MÊME SEIGNEUR JÉSUS-CHRIST DE QUITTER LE CORPS D'ABEL MAUVY ET D'ENTRER DANS CELUI DE CETTE PLANTE !... AINSI SOIT-IL »
TU VOIS, LE SORT EST LEVÉ : TON MAL EST PASSÉ DANS CE VÉGÉTAL ... LA PLANTE VA DÉPÉRIR ET SIMULTANÉMENT, TES MIGRAINES DISPARAÎTRONT !
PAS ÉTONNANT QU'ELLE CRÈVE AVEC TOUTES LES SALOPERIES QU'IL A FOUTUES DESSUS !... QUELLE CUISINE DU DIABLE ! ET EN PLUS, J'AI MAL AU DOIGT MAINTENANT !

BON ! ... ALLEZ ! SALUT MAUVY. JE VAIS CHEZ LA SORCIÈRE, IL EST TEMPS : LA MORT S'IMPATIENTE, ELLE N'AIME PAS ATTENDRE !

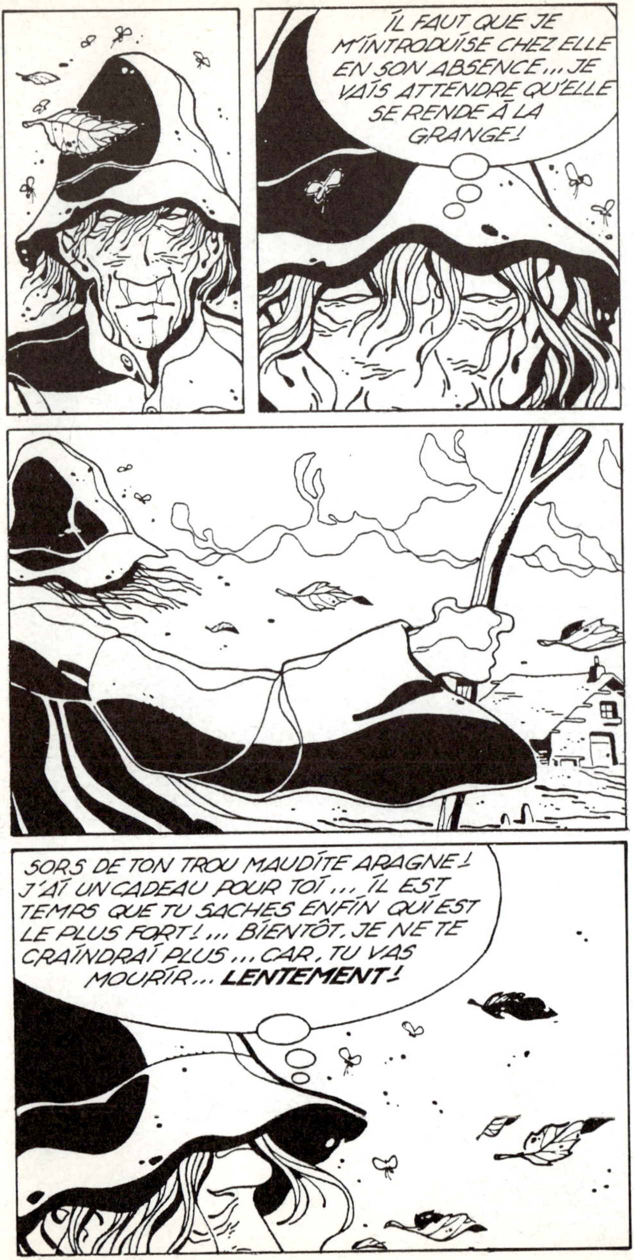
IL FAUT QUE JE M'INTRODUISE CHEZ ELLE EN SON ABSENCE... JE VAIS ATTENDRE QU'ELLE SE RENDE À LA GRANGE!
SORS DE TON TROU MAUDITE ARAGNE! J'AI UN CADEAU POUR TOI... IL EST TEMPS QUE TU SACHES ENFIN QUI EST LE PLUS FORT!... BIENTÔT, JE NE TE CRAINDRAI PLUS... CAR, TU VAS MOURIR... **LENTEMENT!**

NORMALEMENT, C'EST LE MOMENT OÙ ELLE VA À LA RENCONTRE DE SES SOUVENIRS, ELLE A SES HABITUDES ET... OUI! LA VOILÀ!...
... IL Y A UNE PRÉSENCE MALÉFIQUE PROCHE... J'EN SUIS CERTAINE... JE SENS SON AURA NÉGATIVE, MENAÇANTE, QU'EST-CE QUE ÇA PEUT ÊTRE?
TU ES INQUIÈTE HEIN! SATANÉE FEMELLE... BIEN QUE TU NE PUISSES PAS ME VOIR... TES POUVOIRS DOIVENT TE PERMETTRE DE PRESSENTIR LA PROXIMITÉ D'UN DANGER!... SI TU SAVAIS CE QUI T'ATTEND!
OUI, C'EST ÇA... ÉLOIGNE-TOI DE TON ANTRE, LAISSE-MOI LE CHAMP LIBRE!... MÊME TES SOUPÇONS NE PEUVENT TE SAUVER. DÉSORMAIS, TU ES CONDAMNÉE INEXORABLEMENT À CREVER COMME UNE BÊTE!

LA NUIT VENUE...
J'ESPÈRE QUE SILENCE VIENDRA AUJOURD'HUI, DEPUIS QUE JE LE CONNAIS; MA SOLITUDE ME PÈSE BIEN PLUS QU'AVANT... SA PRÉSENCE ME MANQUE! IL Y A TROP LONGTEMPS QUE JE N'AI PLUS EU DE LA CHALEUR HUMAINE!...

...QUELQU'UN EST VENU PENDANT MON ABSENCE!...IL ME VOULAIT DU MAL... JE NE M'ÉTAIS PAS TROMPÉE TOUT À L'HEURE!...IL Y A UN DANGER ICI... QUELQUE CHOSE DE VIVANT!... IL SOUFFRE... IL IRRADIE LE MAL ET LA DOULEUR... JE DOIS LE TROUVER AVANT QU'IL NE SOIT TROP TARD!
C'EST VERS ICI, JE LE SENS... TERRIBLE! C'EST TERRIBLE... UNE CRÉATION MONSTRUEUSE... HORRIBLE!
...QUE?... TROP TARD! LA MORT! LA...

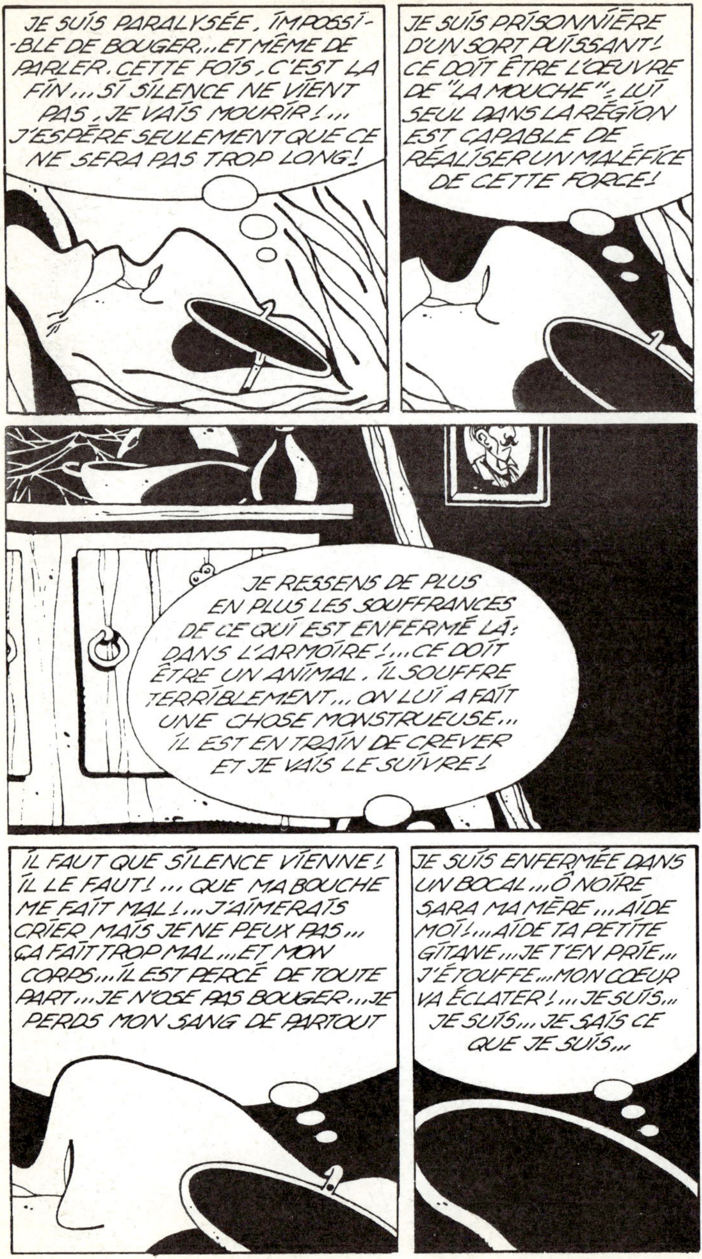
JE SUIS PARALYSÉE, IMPOSSI-BLE DE BOUGER... ET MÊME DE PARLER. CETTE FOIS, C'EST LA FIN... SI SILENCE NE VIENT PAS, JE VAIS MOURIR!... J'ESPÈRE SEULEMENT QUE CE NE SERA PAS TROP LONG!
JE SUIS PRISONNIÈRE D'UN SORT PUISSANT! CE DOIT ÊTRE L'OEUVRE DE "LA MOUCHE": LUI SEUL DANS LA RÉGION EST CAPABLE DE RÉALISER UN MALÉFICE DE CETTE FORCE!
JE RESSENS DE PLUS EN PLUS LES SOUFFRANCES DE CE QUI EST ENFERMÉ LÀ: DANS L'ARMOIRE!... CE DOIT ÊTRE UN ANIMAL. IL SOUFFRE TERRIBLEMENT... ON LUI A FAIT UNE CHOSE MONSTRUEUSE... IL EST EN TRAIN DE CREVER ET JE VAIS LE SUIVRE!
IL FAUT QUE SILENCE VIENNE! IL LE FAUT!... QUE MA BOUCHE ME FAIT MAL!... J'AIMERAIS CRIER MAIS JE NE PEUX PAS... ÇA FAIT TROP MAL... ET MON CORPS... IL EST PERCÉ DE TOUTE PART... JE N'OSE PAS BOUGER... JE PERDS MON SANG DE PARTOUT
JE SUIS ENFERMÉE DANS UN BOCAL... Ô NOIRE SARA MA MÈRE... AIDE MOI!... AIDE TA PETITE GITANE... JE T'EN PRIE... J'ÉTOUFFE... MON COEUR VA ÉCLATER!... JE SUIS... JE SUIS... JE SAIS CE QUE JE SUIS...

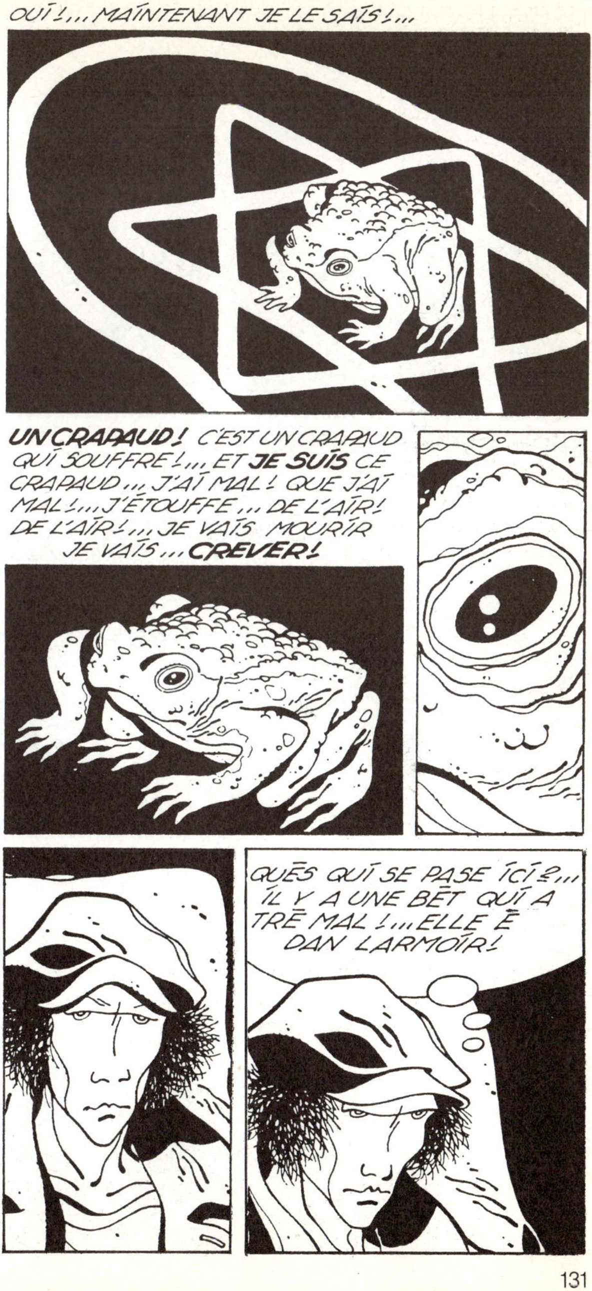
OUI!... MAINTENANT JE LE SAIS!...
UN CRAPAUD! C'EST UN CRAPAUD QUI SOUFFRE!... ET JE SUIS CE CRAPAUD... J'AI MAL! QUE J'AI MAL!... J'ÉTOUFFE... DE L'AIR! DE L'AIR!... JE VAIS MOURIR JE VAIS... CREVER!
QUÊS QUI SE PASE ICI?... IL Y A UNE BÊT QUI A TRÈ MAL!... ELLE È DAN LARMOIR!

..É LA PAR TER ... LA SORCIÈRE ! ... ELLE BOUGE PLU ... ELLE É MORTE ! ...
QUELQU'UN VIENT D'ENTRER ... CE NE PEUT ÊTRE QUE SILENCE ... IL FAUT QUE J'ARRIVE À COMMUNIQUER AVEC LUI ... JE DOIS ME CONCENTRER, PROJETER DE TOUTES MES FORCES MES PENSÉES VERS SON ESPRIT ! JE DOIS RÉUSSIR ... C'EST MA DERNIÈRE CHANCE !
SILENCE ... SILENCE ... SILENCE ...
SILENCE ... N'AIE PAS PEUR. C'EST MOI LA SORCIÈRE QUI TE PARLE ...

...LA SORCIÈRE!... MÉ!...ELLE Ê MORTE!... COMEN S'QUELLE FAÎ POUR ME PARLÉ DAN MA TÊTE?
...JE NE PEUX NI BOUGER NI PARLER. JE SUIS PARALYSÉE... IL **FAUT** QUE TU FASSES CE QUE JE VAIS TE DEMANDER...
...DANS L'ARMOIRE...IL Y A UN BOCAL AVEC UN CRAPAUD À L'INTÉRIEUR... PRENDS-LE!
LE VOÏSSI... JE SEN...LA PÔVRE BÊT QUI SOUFRE Ê DEDAN!
OUVRE-LE!...

... BOUATCH! ... CÉ DÉGOUTAN! ... É ON A COUSU SA BOUCHE POURQUOI?
VITE ... APPORTE LE CRAPAUD ET TIENS LE AU-DESSUS DE MOI ... DÉPÊCHE-TOI ... IL EST EN TRAIN DE CREVER!
IL FAUT QUE JE SUPPRIME LE TRANSFERT ... AVANT DE DÉTRUIRE LE MALÉFICE ET DE METTRE FIN ... AUX SOUFFRANCES DE CET ANIMAL ...
"Ô ADONAÏ, IEVE, TSÉBAOTH. Ô PÈRE SUPRÊME, CRÉATEUR DU CIEL ET DE LA TERRE, DES QUATRE ÉLÉMENTS ET DES ESPRITS, JE TE CONJURE, PAR TES PUISSANCES ET TES VERTUS DE DÉLIVRER CE CRAPAUD DES MÉCHANCETÉS DIABOLIQUES, ASTROLOGIQUES, CABALISTIQUES DONT SE SERT LE SORCIER "LA MOUCHE" POUR LE FAIRE SOUFFRIR"

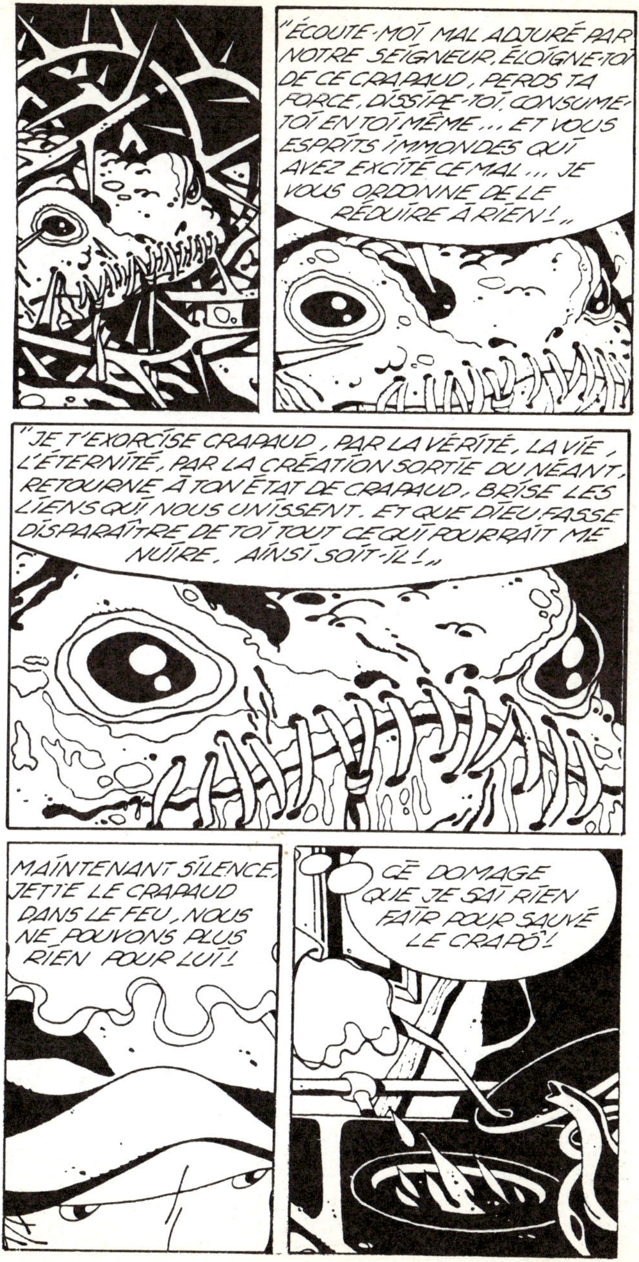
"ÉCOUTE-MOI, MAL ADJURÉ PAR NOTRE SEIGNEUR, ÉLOIGNE-TOI DE CE CRAPAUD, PERDS TA FORCE, DISSIPE-TOI, CONSUME-TOI EN TOI-MÊME... ET VOUS ESPRITS IMMONDES QUI AVEZ EXCITÉ CE MAL... JE VOUS ORDONNE DE LE RÉDUIRE À RIEN!„
"JE T'EXORCISE CRAPAUD, PAR LA VÉRITÉ, LA VIE, L'ÉTERNITÉ, PAR LA CRÉATION SORTIE DU NÉANT, RETOURNE À TON ÉTAT DE CRAPAUD, BRISE LES LIENS QUI NOUS UNISSENT. ET QUE DIEU FASSE DISPARAÎTRE DE TOI TOUT CE QUI POURRAIT ME NUIRE. AINSI SOIT-IL!„
MAINTENANT SILENCE, JETTE LE CRAPAUD DANS LE FEU, NOUS NE POUVONS PLUS RIEN POUR LUI!
CÉ DOMAGE QUE JE SAI RIEN FAIR POUR SAUVÉ LE CRAPÔ!

LA PENSÉE ÉTANT MOINS FORTE QUE LE VERBE... J'ESPÈRE AVOIR RÉUSSI LA DISSOCIATION, SINON JE VAIS BRÛLER AVEC LE CRAPAUD!
...EH BIEN SILENCE... JE CROIS QUE JE REVIENS DE LOIN!... CETTE FOIS, ILS ONT FAILLI M'AVOIR!
AH! C'ÉTAIT BIEN IMAGINÉ!... LES SALAUDS!... ME FAIRE CREVER PARALYSÉE! HEUREUSEMENT, ILS N'AVAIENT PAS PRÉVU TA VENUE... SANS TOI, J'ÉTAIS PERDUE!

MAIS MOI AUSSI, JE SAIS ÊTRE CRUELLE!... IL EST TEMPS D'ATTAQUER... ET JE VAIS COMMENCER PAR LE PLUS DANGEREUX "LA MOUCHE"
"LA MOUCHE", LE BIEN NOMMÉ, ET IL A EU L'IMPRUDENCE DE NOUS LAISSER LE BOCAL QU'IL A MANIPULÉ... ÇA VA NOUS SERVIR!... SILENCE, ATTRAPE UNE MOUCHE, MAIS NE LA BLESSE PAS SURTOUT!
ELLE É DROLE LA SORCIÈRE... ATRAPÉ UNE MOUCHE... SA CÉ FASIL! J'EN ATRAPE SOUVEN POUR JOUÉ!
TU LA METTRAS DANS LE BOCAL... ET TU LE REFERMERAS AVANT QU'ELLE NE SE SAUVE!
ÉCOUTE MOI PETITE MOUCHE, TU N'ES PLUS UN INSECTE INSIGNIFIANT, TU ES DEVENUE GASPARD NAILIS ÉGALEMENT APPELÉ "LA MOUCHE" LE SORCIER LE PLUS PUISSANT ET LE PLUS SALE DE CETTE PARTIE DES ARDENNES!... PAR SARA LA NOIRE NOTRE SAINTE MÈRE À TOUS... JE TE L'ORDONNE!

ICI DANS LA CAVE, TU VAS TROUVER DE GRANDES TOILES D'ARAIGNÉE ... DÉPOSE LE BOCAL DEDANS, EN ESSAYANT DE NE PAS LES ABÎMER
...ET VOILÀ!...JE VAIS FAIRE MOURIR "LA MOUCHE"... JE VAIS LE FAIRE MOURIR DE PEUR!

POUAH !... LES SALES BÊTES ! JE... MAÎS !... MERDE ALORS ! ÎL N'Y A PAS DE TOÎLES... NÎ D'ARAÎGNÉES ?!
NOM DE DÎEU !... J'AÎ DU FAÎRE UN CAUCHEMAR... QUELLE SALOPERÎE ! ÇA M'A FOUTU UNE FAMEUSE FROUSSE EN TOUT CAS, JE NE ME RECOUCHE PLUS !...
... D'AÎLLEURS, LE JOUR NE VA PAS TARDER À SE LEVER, ... À L'HEURE QU'ÎL EST, LA SORCÎÈRE DOÎT AVOÎR CESSÉ DE VÎVRE !

BRRR... QUEL CAUCHEMAR! ÊTRE PRISONNIER DES ARAIGNÉES! J'EN FRÉMIS ENCORE! QUELLE HORREUR!...
BAH!... JE NE VAIS PAS ME LAISSER IMPRESSIONNER PAR UN RÊVE!
MERDE! ENCORE! TIENS SALOPE, TU VAS PAYER POUR MA FRAYEUR!... DÉCIDÉMENT, JE VAIS FINIR PAR CROIRE QUE JE LES ATTIRE!

CE CAUCHEMAR ME REND BIEN NERVEUX!... JE NE ME SENS PAS À L'AISE ... COMME SI QUELQUE DANGER ME GUETTE... JE... J'AI PEUR... ET... QUEL EST CE CRISSEMENT DERRIÈRE MOI?...
... VIVEMENT CHEZ "LA MOUCHE", JE SUIS IMPATIENT DE SAVOIR COMMENT CELA S'EST PASSÉ AVEC LA SORCIÈRE... SILENCE S'OCCUPERA BIEN DES BÊTES SANS MOI!...
D'AILLEURS, JE ME DEMANDE POURQUOI IL A L'AIR AUSSI FATIGUÉ CELUI-LÀ!... C'EST À CROIRE QUE... **NOM DE DIEU!** QU'EST CE QUE?...

"LA MOUCHE"!... SACRÉ IMBÉCILE. J'AI FAILLI TE RENTRER DEDANS. OÙ COURS TU COMME ÇA?... TU AS LE DIABLE AUX TROUSSES? ...BEN MON VIEUX... T'EN TIRES UNE TÊTE!
... LES ARAÏ... LES ARAIGNÉES... CHEZ MOI!
ET ALORS, QUOI LES ARAIGNÉES?... ALLEZ MONTE, TU VAS ME RACONTER ÇA!
QUELLE HISTOIRE!... COMPLÈTEMENT GÂTEUX LE VIEUX CON!

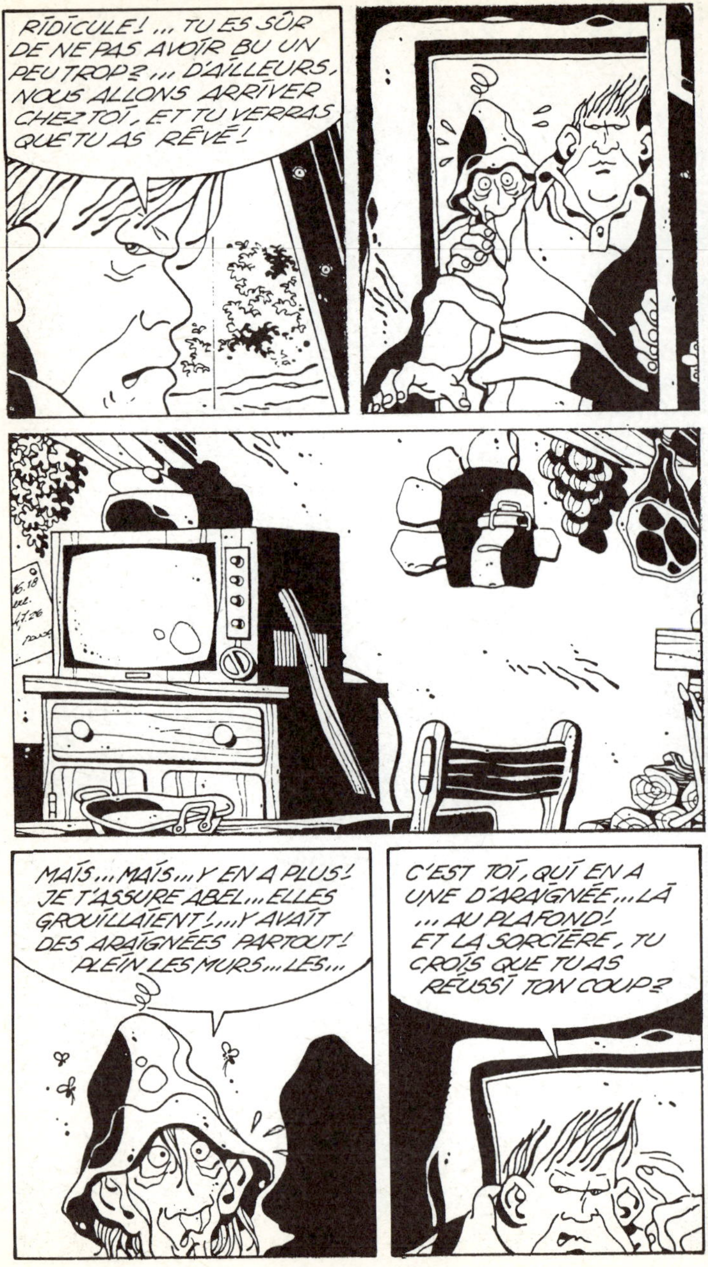
RIDICULE!... TU ES SÛR DE NE PAS AVOIR BU UN PEU TROP?... D'AILLEURS, NOUS ALLONS ARRIVER CHEZ TOI, ET TU VERRAS QUE TU AS RÊVÉ!
MAIS... MAIS... Y EN A PLUS! JE T'ASSURE ABEL... ELLES GROUILLAIENT!... Y AVAIT DES ARAIGNÉES PARTOUT! PLEIN LES MURS... LES...
C'EST TOI, QUI EN A UNE D'ARAIGNÉE... LÀ ... AU PLAFOND! ET LA SORCIÈRE, TU CROIS QUE TU AS RÉUSSI TON COUP?

ÇA, TU PEUX ÊTRE TRANQUILLE, FOI DE "LA MOUCHE". ELLE DOIT ÊTRE À PRÉSENT RAIDE COMME UN PIQUET!
AH! TANT MIEUX!... JE VAIS ALLER VOIR ÇA!
QUEL CORNICHON CE "LA MOUCHE". ENFIN, GRÂCE À LUI, ME VOICI DÉBARRASSÉ DE CETTE MAUDITE SORCIÈRE!... MAIS JE SERAI ENTIÈREMENT RASSURÉ LORSQUE J'AURAI CONTEMPLÉ SON CADAVRE!
VOICI SA MAISON... MIEUX VAUT ÊTRE PRUDENT, AVEC CETTE FEMELLE; ON NE SAIT JAMAIS!

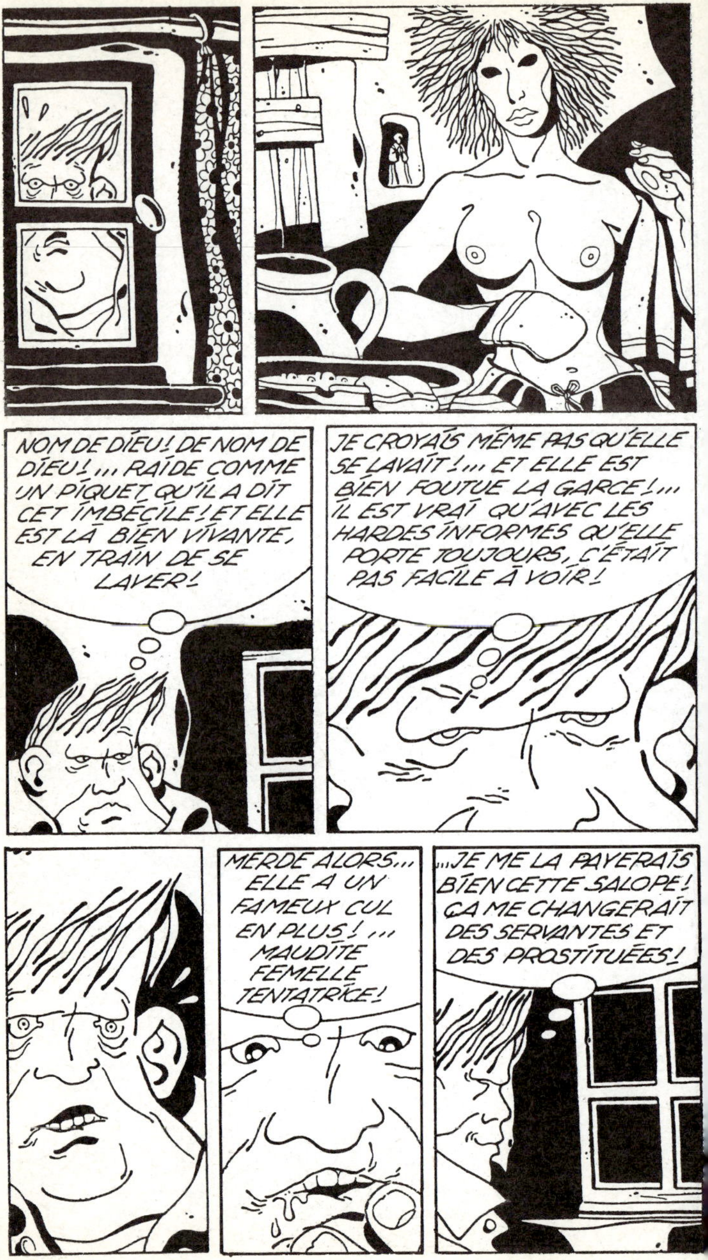
NOM DE DIEU! DE NOM DE DIEU!... RAIDE COMME UN PIQUET QU'IL A DIT CET IMBÉCILE! ET ELLE EST LÀ BIEN VIVANTE, EN TRAIN DE SE LAVER!
JE CROYAIS MÊME PAS QU'ELLE SE LAVAIT!... ET ELLE EST BIEN FOUTUE LA GARCE!... IL EST VRAI QU'AVEC LES HARDES INFORMES QU'ELLE PORTE TOUJOURS, C'ÉTAIT PAS FACILE À VOIR!
MERDE ALORS... ELLE A UN FAMEUX CUL EN PLUS!... MAUDITE FEMELLE TENTATRICE!
...JE ME LA PAYERAIS BIEN CETTE SALOPE! ÇA ME CHANGERAIT DES SERVANTES ET DES PROSTITUÉES!

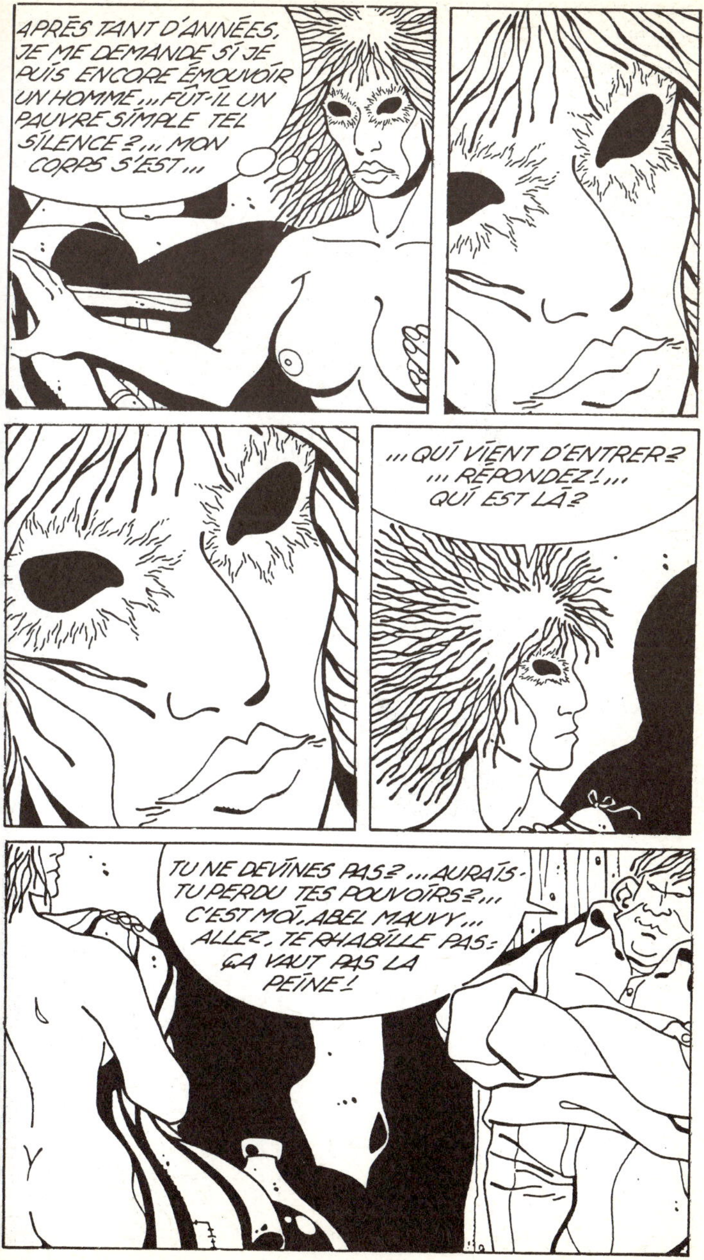
APRÈS TANT D'ANNÉES, JE ME DEMANDE SI JE PUIS ENCORE ÉMOUVOIR UN HOMME ... FÛT-IL UN PAUVRE SIMPLE TEL SILENCE ? ... MON CORPS S'EST ...
... QUI VIENT D'ENTRER ? ... RÉPONDEZ ! ... QUI EST LÀ ?
TU NE DEVINES PAS ? ... AURAIS-TU PERDU TES POUVOIRS ? ... C'EST MOI, ABEL MAUVY ... ALLEZ, TE RHABILLE PAS : ÇA VAUT PAS LA PEINE !

ABEL MAUNY !... QUE VIENS-TU FAIRE ICI ?... QUE ME VEUX-TU ?
DIS DONC, ÇA DOIT TE DÉMANGER NON ? DEPUIS LE TEMPS QUE TU ES SEULE ! JE VAIS ME FAIRE UN PLAISIR D'ÉTEINDRE LE FEU QUE TU DOIS AVOIR AU DERRIÈRE !
QUOI !?... HAHAHA... ARRÊTE TES INSANITÉS GROS PORC !... SI TU CROIS QUE JE VAIS ME LAISSER TOUCHER PAR TOI !
CE QU'ON NE PEUT AVOIR PAR LA DOUCEUR, ON PEUT LE PRENDRE PAR LA FORCE !
...TU ES BELLE... ON POURRAIT S'ARRANGER TOUS LES DEUX... JE VIENDRAI TE VOIR DE TEMPS EN TEMPS, ET TU N'AURAS PLUS BESOIN DE FAIRE DES TRAVAUX DÉGRADANTS POUR VIVRE !

...SALAUD! ... TU AS LA PRÉTENTION DE CROIRE QUE JE VAIS ME LAISSER ENTRETENIR PAR TOI! ... TOI! ... MAIS, JE PRÉFÉRERAIS ENCORE SERVIR DE COUCHE À UNE LIMACE BAVEUSE!
TU VERRAS, TU EN REDE-MANDERAS

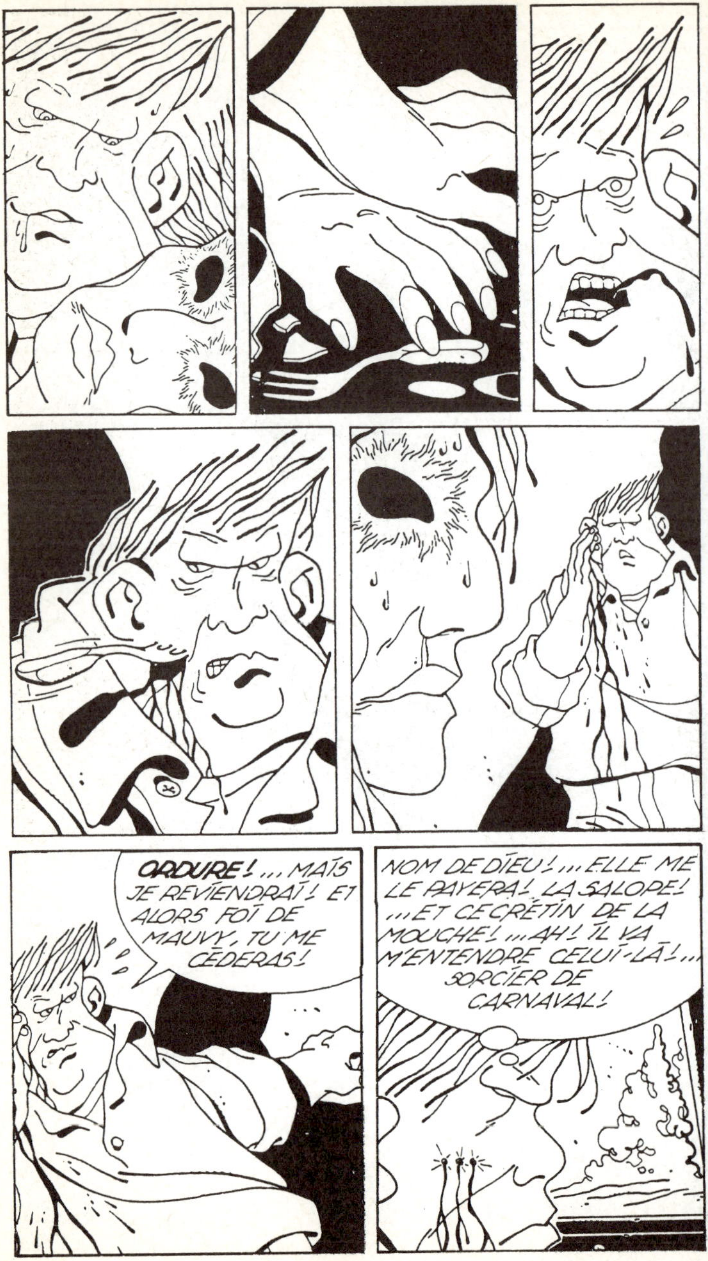
ORDURE! ... MAIS JE REVIENDRAI! ET ALORS FOI DE MAUVY, TU ME CÉDERAS!
NOM DE DIEU! ... ELLE ME LE PAYERA! LA SALOPE! ... ET CE CRÉTIN DE LA MOUCHE! ... AH! IL VA M'ENTENDRE CELUI-LÀ! ... SORCIER DE CARNAVAL!

HÉ! LA MOUCHE!... ESPÈCE DE CON! REGARDE CE QUE...?...
NON!... LES ARAÎ...

CHAPITRE V : L'INITIATION

...MOÏ JAÏME PA LIVER...Y FÈ FROÏ È JE DOÏ TOUJOUR ALLÈ CHERCHÈ DU CHARBÔ!
HOU! HOU! L'IDIOT! HOU! HOU! SILENCE L'IDIOT QUI TOMBE DÈS QU'ON LUI LANCE UNE BOULE DE NEIGE!
MOÏ JAÏMERÈ BIEN JOUÈ AVEC EU...MAÏ POURQUOÏ QUI MÈTE TOUJOUR DÈ PIÈRE DAN LÈ BOUL DE NEÏGE?
È MINTENAN LE CHARBÔ È TONBÉ DU SAU!...LE MAÏTE VA ENCOR ME FRAPÉ!

ET ALORS?... TU RÊVES? CE N'EST PAS EN LA REGARDANT TOMBER QUE TU DÉGAGERAS LE CHEMIN!
DÉPÊCHE TOI HEIN!... JE DOIS ALLER À L'ENTERREMENT DE LA MOUCHE AH! IL A BIEN CHOISI SON JOUR CELUI-LÀ!
CÊ DRÔL... CÊ LA PREMIÎER FOÎ QUE JE ME RAPEL QUÊQUE CHOSE DE QUAN JÊTAÎ PETÎT!
PEUTÊTE QUE CÊ A CÔSE QUE JE VA CHÊ LA SORCÎERE? JÎRA CE SOÎR É ALOR JE ME RAPÊLERA PEUTÊTE ÔTRE CHOSE!

IL È BIEN NERVEU LE MAÎTE DEPUI QUE LA MOUCHE SA PENDU ... É QUOI QUE CÊ LÊ TROU QUIL A DAN LA FIGUR ?...
SALOPERIE DE TEMPS! AVEC CETTE MAUDITE NEIGE, IMPOSSIBLE D'ALLER VITE!
AH! IL M'A LAISSÉ DANS DE BEAUX DRAPS!... QUEL CRÉTIN CE LA MOUCHE!... MAIS ENFIN, TOUTES CES ARAIGNÉES... C'ÉTAIT PAS NORMAL ÇA!
HOU! HOU!... SILENCE!... HOU! HOU SILENCE L'IDIOT!

HÏHÏHÏ! J'EN A DE LA CHANCE! CÈ TOUJOUR LA MÈME CHOSE... LÈ ENFAN ÏL VEULE TOUS JOUÉ AVEC MOÏ!

ET ALLEZ ! PAF ! AU TROU LA MOUCHE ! SOMBRE IMBÉCILE TU N'AS MÊME PAS DROIT À LA TERRE CONSACRÉE ... TU AS VÉCU COMME UN CHIEN ... TU ES ENTERRÉ COMME TEL !
À SAVOIR, SI COMME POUR TON PÈRE, LE DIABLE EST VENU CHERCHER TON CORPS ? ... ET SI ... TIENS ! IL S'EST INVITÉ LE VIEUX CORBEAU BIGLEUX ! ... QU'EST-CE QU'IL FOUT LÀ ?
ALORS, MONSIEUR LE CURÉ ! ... ON EST VENU VOIR ENTERRER SON VIEIL ENNEMI ? ...
HA ! BONJOUR ABEL ... ENNEMI ... ENNEMI ... N'EXAGÉRONS RIEN, C'EST VRAI, "LA MOUCHE" ÉTAIT UN FAMEUX MÉCRÉANT ! MAIS UN SERVITEUR DE DIEU N'A D'ENNEMI QUE LE DIABLE ET NON LES HOMMES !

ET LES SORCIERS ?... VOUS NE CROYEZ PAS AUX SORCIERS MONSIEUR LE CURÉ ?
MMMH... HÉ! HÉ! LES SORCIERS! NON. JE N'Y CROIS PAS!... TOUS DES CHARLATANS!... ILS EXPLOITENT LA CRÉDULITÉ DES IMBÉCILES! NON! JE N'Y CROIS PAS! HÉ! HÉ!
REGARDE... IL Y A LÀ UNE BELLE BROCHETTE DE CES FUMISTES! NOTAMMENT LE VIEUX NOÉ CRÈVECOEUR: CELUI AVEC SON GRAND CHAPEAU!... UN "MAÎTRE" COMME "ILS" DISENT... HÉ! HÉ! TOUS DES CHARLATANS AUX PRÉTENDUS POUVOIRS... TOUS!
... MAIS ENFIN!... CERTAINS Y CROIENT ... LES CRAIGNENT! ...ILS FONT PEUR!

FOUTAISES QUE TOUT CELA! QU'ILS PRIENT!... QU'ILS PRIENT! RIEN NE VAUT LA PRIÈRE!... ELLE PROTÈGE DE TOUT! DE TOUT!
... LA PRIÈRE!... COMPLÈTEMENT GÂTEUX LE CORBEAU AUX GRANDES OREILLES!
DE TOUT! DE TOUT! DE TOUT!
?!

ÇA ALORS !... DES CROIX !... DES CROIX TRACÉES DANS LA NEIGE !... LE VIEUX FILOU !... GÂTEUX PEUT-ÊTRE MAIS PRUDENT !
MONSIEUR CRÈVECOEUR !... JE M'APPELLE ABEL MAUVY ET J'AI... HEU !... DES ENNUIS, C'ÉTAIT LA MOUCHE QUI... DISONS QUI S'EN OCCUPAIT. MAINTENANT QU'IL EST MORT... NE POURRIEZ VOUS ?...
NON MONSIEUR MAUVY !... JE REGRETTE, MAIS CE QUI A CAUSÉ LA MORT DE LA MOUCHE EST TROP FORT !... TROP DANGEREUX !... VOUS NE TROUVEREZ PERSONNE QUI ACCEPTERA DE REMPLACER LA MOUCHE !... PERSONNE !

NOM DE DÍEU DE NOM DE DÍEU! ... BANDE DE FUMÍERS! ... QU'EST-CE QUE JE VAIS FAÍRE MAÍNTENANT?
LA NUÍT VENUE...

BONSOÌR SÌLENCE!
...?...MÈ...ELLE È CHANGÈ LA SORCÌÈRE, ELLE È... PLU... BELLE QUAVAN!
JE SUÌS HEUREUSE QUE TU SOÌS LÀ, JE T'ESPÉRAÌS TELLEMENT QU'ÌL N'ÉTAÌT PAS POSSÌBLE QUE TU NE VÌENNES PAS!
QUEL È BELLE!
VÌENS, ASSÌEDS-TOÌ, JE T'AÌ PRÉPARÉ DU GÂTEAU, JE SAÌS QUE TU AÌMES ÇA!

CETTE NUIT, JE VAIS ESSAYER DE T'APPRENDRE CERTAINS DE MES SECRETS ... IL EST TEMPS!
ALORS, COMMENÇA POUR SILENCE L'INITIATION AUX ARCANES DE LA MAGIE OPÉRATIVE ... INITIATION QUI ALLAIT SE PROLONGER BIEN DES NUITS, ET AVOIR DE FUNESTES CONSÉQUENCES POUR BEAUSONGE!

Léon
ernst

HÉ! BEN, IL N'EN RESTE PAS GRAND CHOSE DE LA GRANGE DU GROS FERNAND!...
BIZARRE CET INCENDIE EN PLEINE NUIT!... IMPRUDENCE? MALVEILLANCE? PFFT... FERNAND N'A PAS D'ENNEMI!... ALORS?... IL EST VRAI QUE DEPUIS QUELQUES SEMAINES IL S'EN PASSE DES CHOSES ÉTRANGES À BEAUSONGE!...
DES GENS TOMBENT MALADES, DES VACHES TARISSENT, D'AUTRES CRÈVENT SANS QUE L'ON CONNAISSE LES CAUSES DE CES MALADIES!... SANS PARLER DE CEUX QUI ONT VU DES CHOSES EFFRAYANTES LA NUIT!
DÉCIDÉMENT, CE N'EST PAS TRÈS CATHOLIQUE TOUT ÇA!... ON PARLE DE SORCELLERIE, DE MAUVAIS SORTS!... LES GENS COMMENCENT À AVOIR PEUR... CHACUN ATTEND SA PART DE MALHEUR!...

PERSONNE NE SEMBLE À L'ABRI!... DEMAIN, CE SERA PEUT-ÊTRE MON TOUR!?
HEUREUSEMENT QUE CES MAUDITES MIGRAINES ONT DISPARU!... GRÂCE À LA MOUCHE... MAIS MAINTENANT QU'IL N'EST PLUS LÀ, TOUT LE VILLAGE EST À LA MERCI DE...?
...DE?... MAIS QUI POURRAIT BIEN EN VOULOIR À UN VILLAGE ENTIER?... NOM DE DIEU!... LA SORCIÈRE!... CE NE PEUT ÊTRE QU'ELLE!
AVEC L'INCENDIE DE LA GRANGE, LA CRAINTE S'EST INSTALLÉE DANS LE VILLAGE!... MAIS TOUT CECI N'A ÉTÉ QUE BAGATELLES!... ILS VONT À PRÉSENT CONNAÎTRE VRAIMENT LA PEUR!

JE VEUX LEUR FAIRE PAYER CHER CE QU'ILS NOUS ONT FAIT ! JE VEUX QUE LE VILLAGE CRÈVE DE PEUR !... PERSONNE NE SE SENTIRA EN SÉCURITÉ, ILS ME CRAINDRONT !... ILS **NOUS** CRAINDRONT !
ET POUR CELA, IL FAUT QUE JE FASSE UN EXEMPLE ! JE VAIS M'ATTAQUER À CELUI QUI A LE PLUS D'IMPORTANCE À BEAUSONGE : LE MAÎTRE ! ABEL MAUVY !
CELA T'EFFRAYE... JE LE SENS... MAIS NE CRAINS RIEN ! MÊME SI LE MAÎTRE A DES DOUTES, IL N'AURA PAS LE TEMPS DE NOUS NUIRE... IL NE POURRA RIEN CONTRE NOUS !

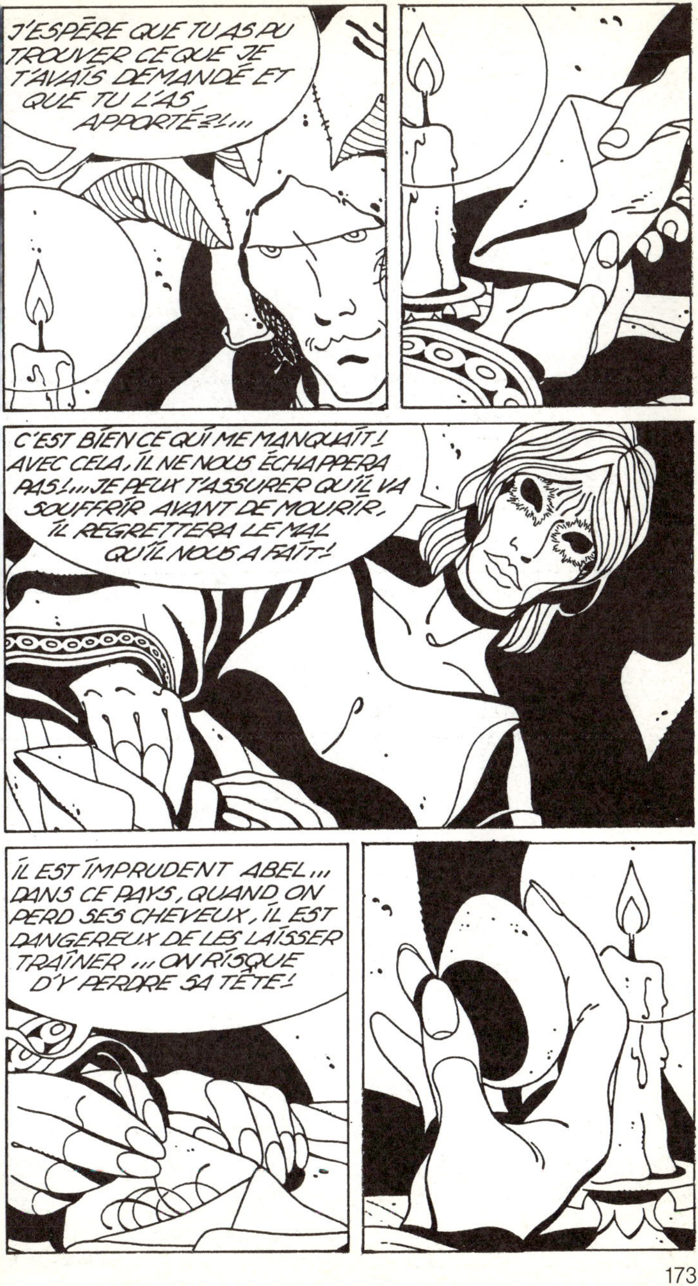
J'ESPÈRE QUE TU AS PU TROUVER CE QUE JE T'AVAIS DEMANDÉ ET QUE TU L'AS APPORTÉ ?!...
C'EST BIEN CE QUI ME MANQUAIT ! AVEC CELA, IL NE NOUS ÉCHAPPERA PAS !... JE PEUX T'ASSURER QU'IL VA SOUFFRIR AVANT DE MOURIR. IL REGRETTERA LE MAL QU'IL NOUS A FAIT !
IL EST IMPRUDENT ABEL... DANS CE PAYS, QUAND ON PERD SES CHEVEUX, IL EST DANGEREUX DE LES LAISSER TRAÎNER ... ON RISQUE D'Y PERDRE SA TÊTE !

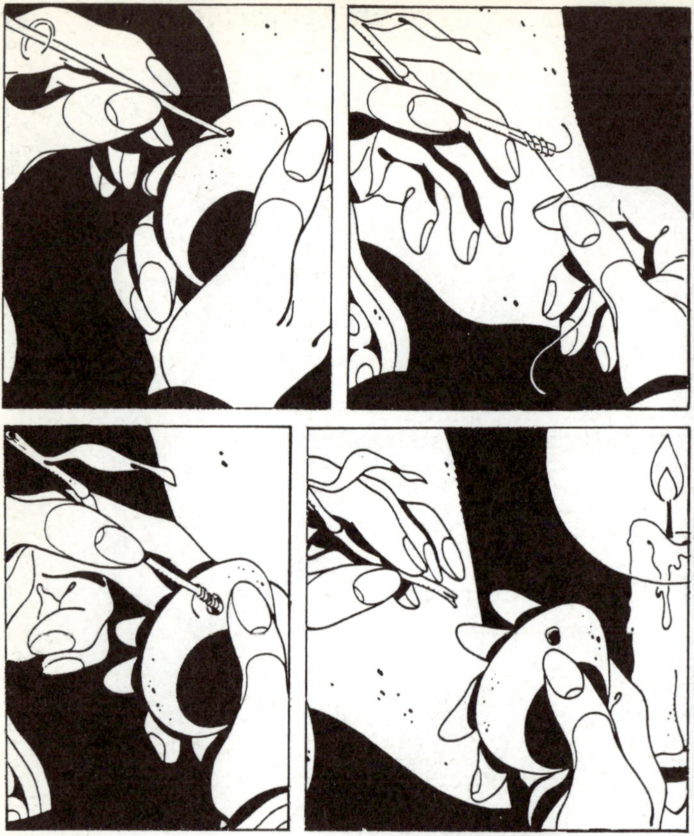
של

"PAR L'AUTORITÉ DE DIEU LE PÈRE TOUT PUISSANT, CRÉATEUR DES ANGES ET EMPEREUR DES SIÈCLES, DAMAHII, LUMECH, GADAL, PANCIA, VELOAS, MEOROD, BALOACH...
ANGES SAINTS, FAITES QUE PÉRISSE CELUI QUI A NOM ABEL MAUVY, QUI DE PAR SES ACTES NE MÉRITE PLUS DE FAIRE PARTIE DES FILS DE DIEU!"
VOILÀ, J'AI INTRODUIT UN CHEVEU D'ABEL MAUVY DANS CET OEUF DE POULE...EN TROIS JOURS CE CHEVEU POURRIRA ET PAREILLEMENT, LES ENTRAILLES DU MAÎTRE ENTRERONT EN PUTRÉFACTION!...
...ET IL EN CRÈVERA!
LE LENDEMAIN...
NOM DE DIEU!...QU'EST CE QUE? C'EST COMME SI UN RAT ME RONGEAIT LES ENTRAILLES! ...IL VA FALLOIR APPELER LE DOCTEUR BLONDEL!... SALOPERIE!
J'ESPÈRE QU'IL VA FAIRE VITE CE MAUDIT BOUFFEUR DE FRIC... ENFIN, IL SAURA PEUT-ÊTRE ME SOULAGER!... MERDE!...QUE ÇA FAIT MAL!...IL FAUT QUE JE ME RECOUCHE

RIEN!...
POUR MOI, VOUS N'AVEZ RIEN! PEUT-ÊTRE UNE MAUVAISE DIGESTION? JE VAIS VOUS PRESCRIRE DU BUSCOPAN CONTRE LES SPASMES ET DES CACHETS DE KESTOMATINE POUR L'AÉROPHAGIE... MAIS À MON AVIS, CE N'EST RIEN DE GRAVE!
RIEN DE GRAVE!... MAIS!... MAIS!... COMMENT? ET SI ...HEU!... ET SI C'ÉTAIT UN SORT QU'ON M'AURAIT JETÉ?... HEIN? VOUS SAVEZ... DE LA... DE LA SORCELLERIE!
DE LA SORCELLERIE!... VOYONS MONSIEUR MAUVY! RESTONS SÉRIEUX. NOUS NE SOMMES PLUS AU MOYEN-ÂGE QUE DIABLE!... CROYEZ-MOI, J'AI FAIT DES ÉTUDES MOI! JE SAIS CE DONT JE PARLE!... LA SORCELLERIE, CELA N'EXISTE PAS!... CE SONT DES CROYANCES DE BONNES FEMMES!
...AVEC UN PEU DE REPOS ET UN PETIT RÉGIME, CES DOULEURS DISPARAÎTRONT. MAIS SURTOUT, OUBLIEZ TOUTES CES DIABLERIES ET AUTRES SORNETTES! ALLEZ, À BIENTÔT!
...ÇA ALORS!... QUEL CON!... "LA SORCELLERIE ÇA N'EXISTE PAS!"... ON VOIT BIEN QUE CE N'EST PAS LUI QUI EST EN TRAIN DE CREVER... JE SENS QUE MES TRIPES FOUTENT LE CAMP!... ET IL ME PREND 300 BALLES POUR ME DIRE ÇA!... SALAUD!

J'EN SUIS SÛR... C'EST CETTE SORCIÈRE DU DIABLE!... MON TOUR EST VENU... ELLE A EU LA MOUCHE ET... NOM DE DIEU! APRÈS CE QUE JE LUI AI FAIT ELLE VA PAS ME MÉNAGER LA SALOPE!
... SALOPE!
AH! TE VOILÀ TOI!... ALORS, TU ES CONTENT?... TON MAÎTRE VA MOURIR... TU VAS ÊTRE LIBRE, TU DOIS ME DÉTESTER HEIN? MAIS NON C'EST VRAI, TU NE CONNAIS PAS LA HAINE. PAUVRE IMBÉCILE!
LA MORT!... J'AI PEUR!... JE... JE VAIS CREVER... SEUL!... SEUL?!... NON!... RESTE PRÈS DE MOI. SILENCE... JE N'AI PLUS QUE TOI ... HAHAHA! QUELLE DÉRISION: MOI: ABEL MAUVY! LE MAÎTRE!... L'HOMME LE PLUS IMPORTANT DE BEAUSONGE, JE VAIS CREVER COMME UN CHIEN! AVEC POUR SEULE COMPAGNIE, UN IDIOT MUET!...
PLEURE IMBÉCILE!... QUAND JE MEURS, IL FAUT PLEURER!... J'Y AI DROIT... ÇA ME REVIENT, PLEURE INGRAT!...

MAIS... OÙ VAS-TU?... NON! NE ME LAISSE PAS!... JE NE VEUX PAS RESTER SEUL... NE T'EN VA PAS! J'AI BESOIN DE TOI... NE PARS PAS, SALAUD... MOI QUI AI ÉTÉ COMME UN PÈRE POUR TOI! SALAUD!... REVIENS! **REVIENS!**
PAUVRE MAÎTE! IL A MAL... IL VA MOURIR CÈ PA BIEN! MÈM SIL È MÉCHAN CÈ PA BIEN!
LA SORCIÈRE È PA LA! TAN MIEU!
ELLE SERA FACHÉE MÈ IL FAU QUE JE LE FAI!... A!... IL È TOUJOUR LA!

É MINTENAN... COMEN QUE JE FAI? ...A OUI!... LE FEU! COME AVÈC LE CRAPÔ!
VOILA! LE MAÎTE VA GUÉRIR!
SILENCE?...
...TU AS LIBÉRÉ LE CHARME N'EST-CE PAS? JE LE SENTAIS!... TU IGNORES LE MAL, TU N'AS PAS SUPPORTÉ DE VOIR TON BOURREAU SOUFFRIR... SOIT! TU AS CHOISI!

TU ES BON, TROP BON ! ... MOI, IL Y A LONGTEMPS QUE JE NE CROIS PLUS À LA BONTÉ !
PEUT-ÊTRE AS-TU RAISON... PARDONNER ! ... AH ! SI JE LE POUVAIS ! TOI, TU ES SIMPLE, TU NE CONNAIS PAS LA HAINE, CELA T'EST PEUT-ÊTRE PLUS FACILE DE PARDONNER !

BEN MERDE ALORS!... JE ME SENS MIEUX! JE N'AI PLUS MAL, LES DOULEURS ONT DISPARU SUBITEMENT!... AINSI, LE DOCTEUR AVAIT RAISON: CE N'ÉTAIT QU'UNE INDIGESTION! J'AIME MIEUX ÇA, MOI QUI CROYAIS Y RESTER. J'AI PANIQUÉ POUR RIEN, C'EST CE FOUTU MAT DE SORCELLERIE QUI...
...
N'EMPÊCHE, UN QUI VA ME PAYER ÇA: C'EST LE SILENCE!... CE SALAUD VA REGRETTER DE M'AVOIR LAISSÉ TOMBER ALORS, QUE J'ÉTAIS EN TRAIN DE CREVER!
NOM DE DIEU! IL N'EST PAS DANS L'ÉTABLE!... QU'EST-CE QUE CELA VEUT DIRE?...
VIENS!...

SILENCE!... ?... NOM DE DIEU! PAS DANS SA CHAMBRE! MAIS, OÙ EST PASSÉ CET IMBÉCILE?
SERAIT-IL PARTI COURIR LES BOIS À LA RECHERCHE DE "SES" SALOPERIES DE BESTIOLES? ET... QU'EST-CE QUE...?...

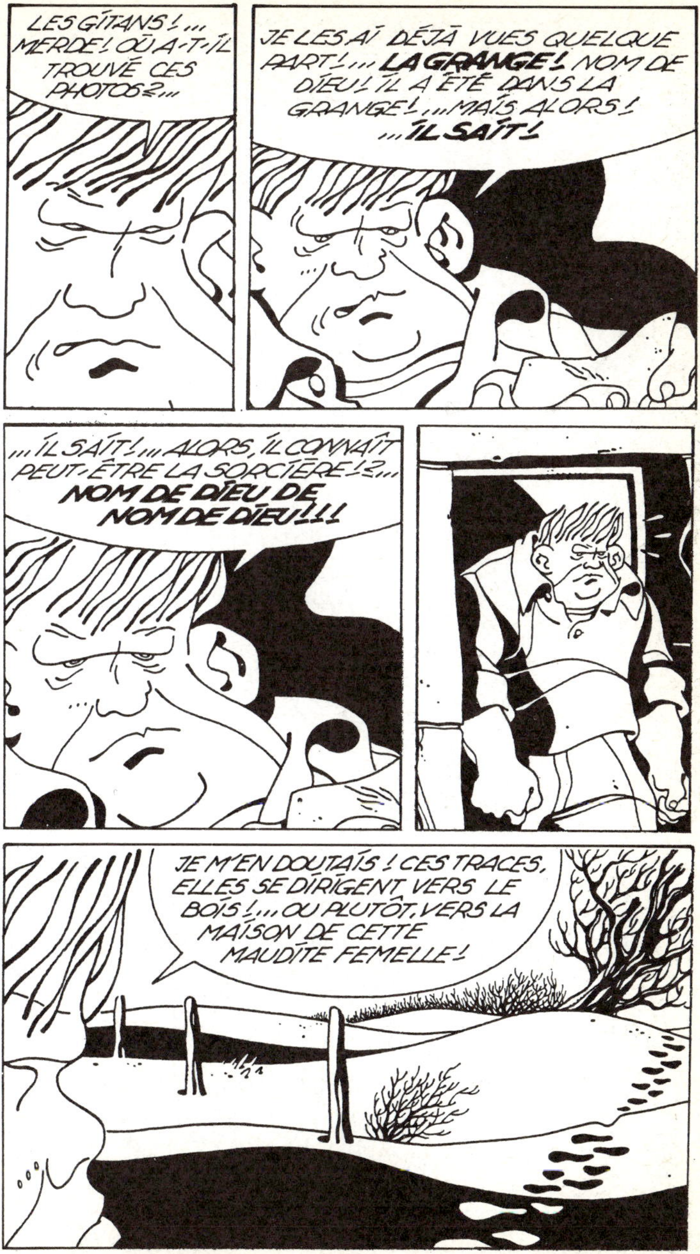
LES GITANS !... MERDE ! OÙ A-T-IL TROUVÉ CES PHOTOS ?...
JE LES AI DÉJÀ VUES QUELQUE PART !... LA GRANGE ! NOM DE DIEU ! IL A ÉTÉ DANS LA GRANGE !... MAIS ALORS ! ...IL SAIT !
...IL SAIT !... ALORS, IL CONNAÎT PEUT-ÊTRE LA SORCIÈRE !?... NOM DE DIEU DE NOM DE DIEU !!!
JE M'EN DOUTAIS ! CES TRACES, ELLES SE DIRIGENT VERS LE BOIS !... OU PLUTÔT, VERS LA MAISON DE CETTE MAUDITE FEMELLE !

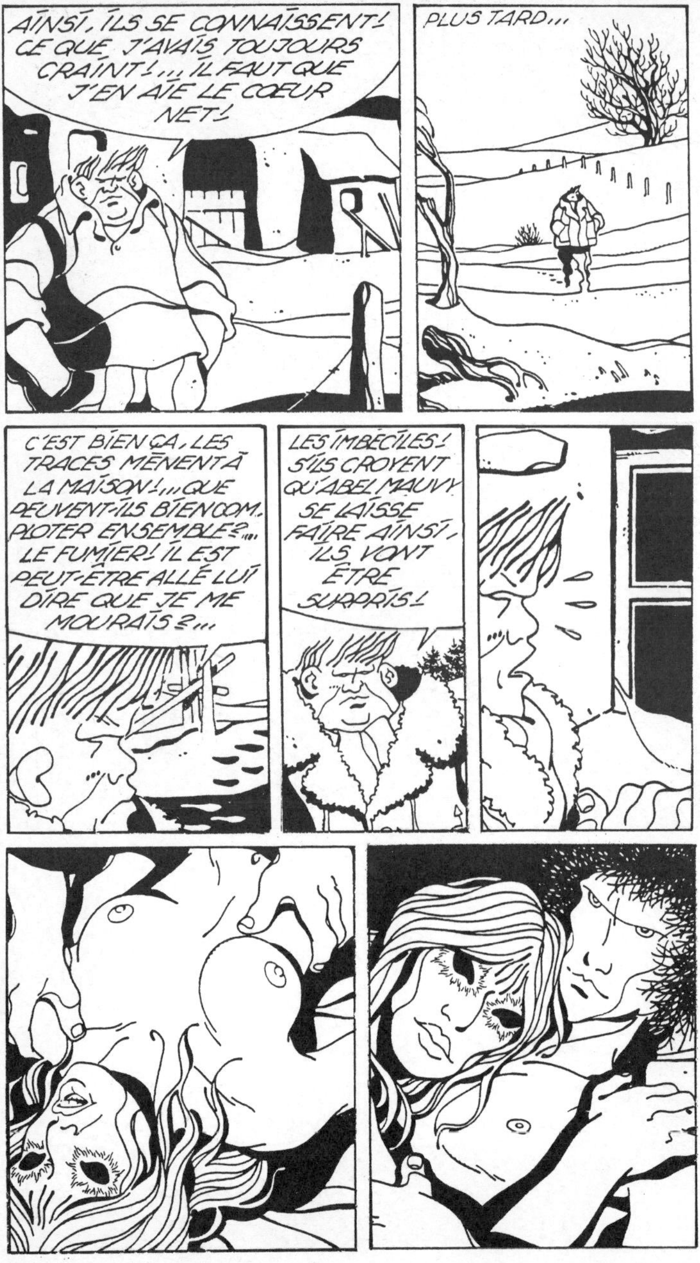
AÏNSI, ILS SE CONNAÏSSENT! CE QUE J'AVAIS TOUJOURS CRAINT!... IL FAUT QUE J'EN AIE LE COEUR NET!
PLUS TARD...
C'EST BIEN ÇA, LES TRACES MÈNENT À LA MAISON!... QUE PEUVENT-ILS BIEN COMPLOTER ENSEMBLE?... LE FUMIER! IL EST PEUT-ÊTRE ALLÉ LUI DIRE QUE JE ME MOURAIS?...
LES IMBÉCILES! S'ILS CROYENT QU'ABEL MAUVY SE LAISSE FAIRE AINSI... ILS VONT ÊTRE SURPRIS!

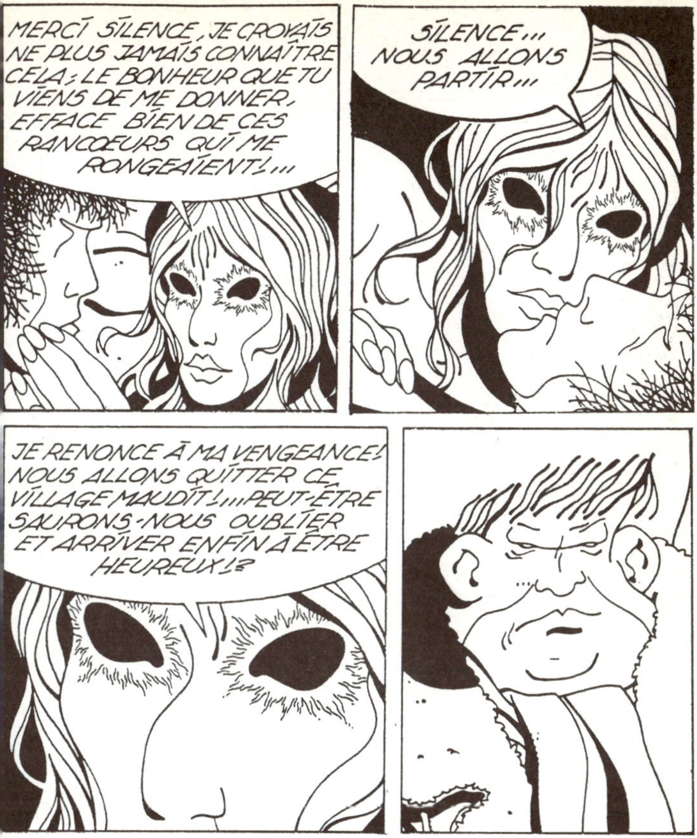
MERCI SILENCE, JE CROYAIS NE PLUS JAMAIS CONNAÎTRE CELA; LE BONHEUR QUE TU VIENS DE ME DONNER, EFFACE BIEN DE CES RANCŒURS QUI ME RONGEAIENT!...
SILENCE... NOUS ALLONS PARTIR...
JE RENONCE À MA VENGEANCE! NOUS ALLONS QUITTER CE VILLAGE MAUDIT!... PEUT-ÊTRE SAURONS-NOUS OUBLIER ET ARRIVER ENFIN À ÊTRE HEUREUX!?

CHAPITRE VI :
LA NEF DES FOUS

SILENCE. TU DOIS RENTRER MAINTENANT. LE MAÎTRE NE DOIT S'APERCEVOIR DE RIEN. FAIS TON TRAVAIL COMME D'HABITUDE
VIENS CETTE NUIT, JE VAIS RÉFLÉCHIR AU MEILLEUR MOYEN DE QUITTER BEAUSONGE! ... "ILS" POURRAIENT ESSAYER DE NOUS EN EMPÊCHER!
AMANTS! ILS SONT AMANTS, LA SALOPE! ELLE SE REFUSE ET PROFITE DE L'INNOCENCE DE CET IDIOT DONT ELLE POURRAIT ÊTRE LA MÈRE! NOM DE DIEU! ILS VONT ME LE PAYER ... CHER!

SİLENCE Ê CONTEN... İL NA PLU PEUR DE LA SORCİÈRE!... Ê COM ELLE Ê BEL!
CÈ DOMAGE QUELLE SÈ PA LİR!... MÈ ELLE CONPRENDRA PEUTÊTE CE QUE JA VOULU DİR!
silence aim la sorcière
"SİLENCE... AİM LA SORCİÈRE"... L'İMBÉCİLE! İL NE SAİT MÊME PAS CE QUE ÇA VEUT... NOM DE DİEU!... L'ARDOİSE!... ELLE VA ME SERVİR!... Sİ JE FAİS GAFFE AUX EMPREİNTES ET AUX TRACES DANS LA NEİGE, LE TOUR EST JOUÉ!

LA SORCIÈRE ELLE A
DI QU'ON VA PARTIR
É ÊTRE EUREU!...

CĒ QUOĪ ĒTRE EUREU?

SOS. 901
BVD-372
...ET VOUS DITES QU'IL EST PARTI CET APRÈS-MIDI !?
OUI, J'ÉTAIS MALADE, ALORS, AYANT BESOIN DE LUI, JE L'AI CHERCHÉ ET IL N'ÉTAIT PAS LÀ ! ...MAIS ...QUE SE PASSE-T-IL ? ...IL A FAIT QUELQUE CHOSE ?...

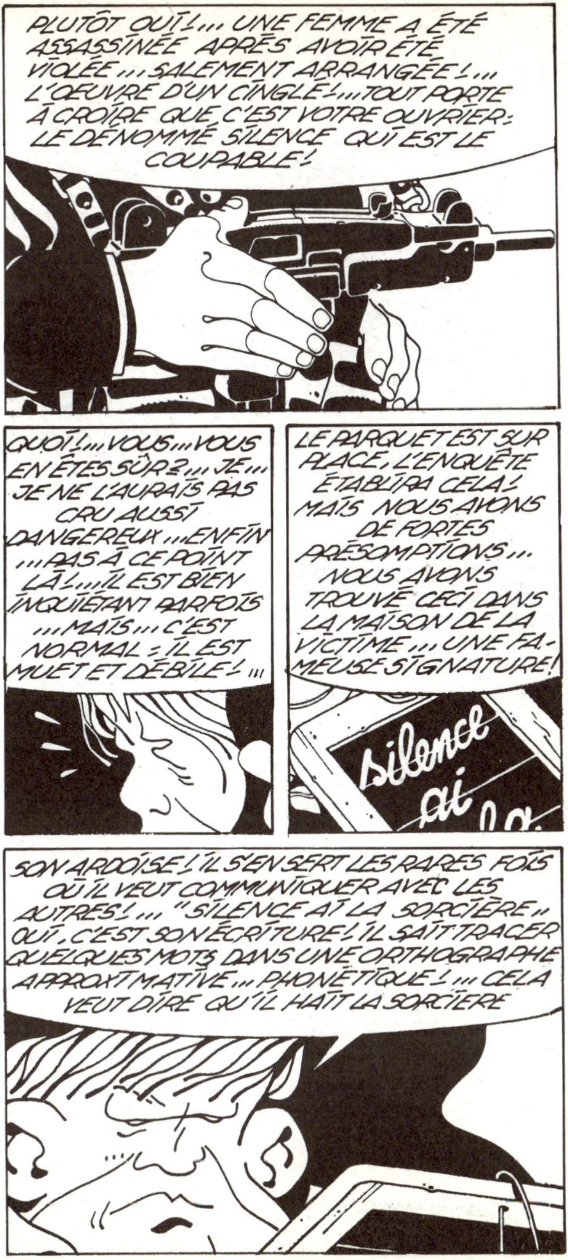
PLUTÔT OUI !... UNE FEMME A ÉTÉ ASSASSINÉE APRÈS AVOIR ÉTÉ VIOLÉE... SALEMENT ARRANGÉE !... L'ŒUVRE D'UN CINGLÉ !... TOUT PORTE À CROIRE QUE C'EST VOTRE OUVRIER : LE DÉNOMMÉ SILENCE QUI EST LE COUPABLE !
QUOI !... VOUS... VOUS EN ÊTES SÛR ?... JE... JE NE L'AURAIS PAS CRU AUSSI DANGEREUX... ENFIN ... PAS À CE POINT LÀ !... IL EST BIEN INQUIÉTANT PARFOIS ... MAIS... C'EST NORMAL : IL EST MUET ET DÉBILE !...
LE PARQUET EST SUR PLACE, L'ENQUÊTE ÉTABLIRA CELA ! MAIS NOUS AVONS DE FORTES PRÉSOMPTIONS... NOUS AVONS TROUVÉ CECI DANS LA MAISON DE LA VICTIME... UNE FAMEUSE SIGNATURE !
silence ai
SON ARDOISE ! IL S'EN SERT LES RARES FOIS OÙ IL VEUT COMMUNIQUER AVEC LES AUTRES !... "SILENCE AI LA SORCIÈRE" OUI, C'EST SON ÉCRITURE ! IL SAIT TRACER QUELQUES MOTS DANS UNE ORTHOGRAPHE APPROXIMATIVE... PHONÉTIQUE !... CELA VEUT DIRE QU'IL HAIT LA SORCIÈRE

JE SAIS ! ... C'EST CE QUE NOUS A DIT LA VOISINE QUI A DÉCOUVERT LE CORPS ! ... ET OÙ CROYEZ-VOUS QU'IL SE CACHE CE ... CET INDIVIDU ? ...
MAIS ! ... IL NE SE CACHE PAS : IL EST ICI, IL NETTOIE L'ÉTABLE COMME TOUS LES SOIRS !
COMMENT ? ... IL N'A PAS FOUTU LE CAMP ! ? ... VOILÀ QUI EST BIZARRE, ÉVIDEM-MENT ... UN FOU ! ... VITE, CONDUISEZ-NOUS !
CÉTAI BON CE QUI SA PASSÉ AVEC LA SORCIÈRE ... POURQUOI QUON DI QUE CÉ UN PÉCHÉ ?
HÉ ! SILENCE ! ... IL Y A LÀ DES MESSIEURS QUI AIMERAIENT TE PARLER !

silence
ai
la
MON ARDOIS! ...ME! CE NE PA CE QUE JA ECRI!

CLAC!

Il faut savoir écouter
et comprendre
pour être gendarme
Votre métier :
protéger,
aider, servir.
JE CONPREN RÏEN A SE QUÏ SE PASSE !... PEUTÊTE QUE CÊ PASQUE JA FAÏ UN PÉCHÉ AVEC LA SORCÏÈRE ?
JE SAVE PA QUE CÉTAÏ SÏ GRAVE ... LAMOUR !

CÈ PA MÔVAI LEUR MANGÉ MÈ SI JE REST ICI QUI CÈ QUI VA SOCUPÉ DE BÊTE ?
C'EST PAS TOUT ÇA. MAIS MAINTENANT QUE CE SALAUD EST EN PRISON. JE VAIS DEVOIR ME TAPER TOUT LE BOULOT... MERDE !

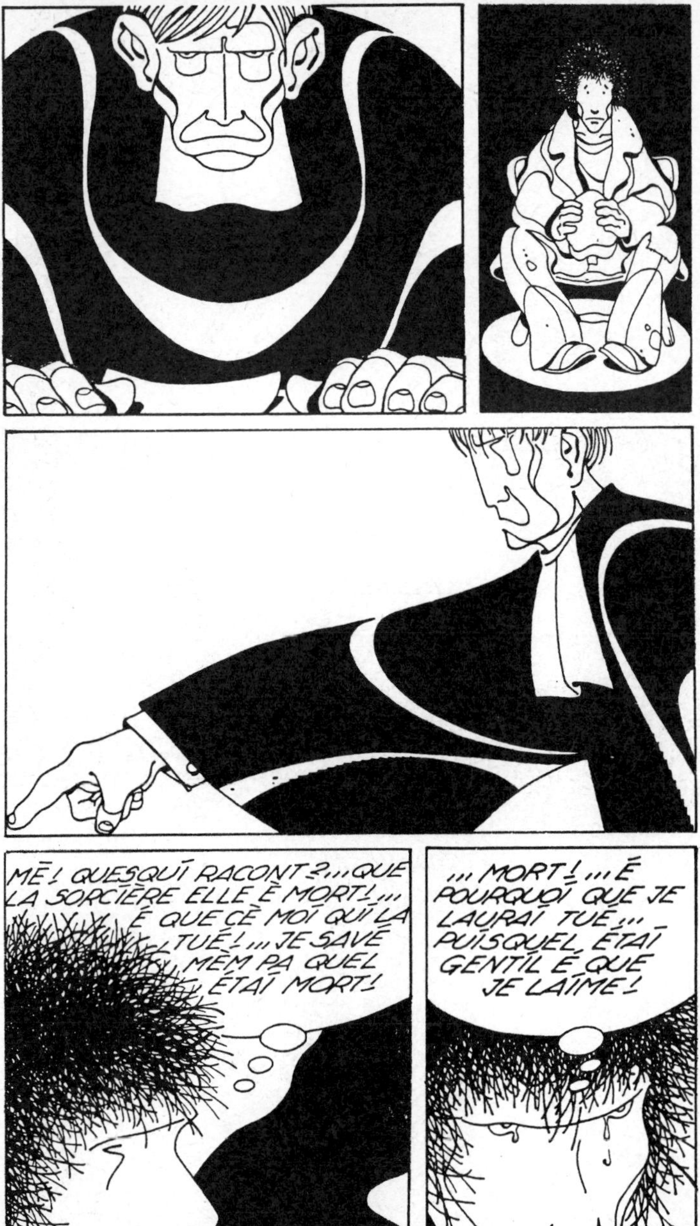
MÈ! QUESQUI RACONT?... QUE LA SORCIÈRE ELLE È MORT!... È QUE CÈ MOI QUI LA TUÉ!... JE SAVÈ MÈM PA QUEL ÉTAI MORT!
... MORT!... È POURQUOI QUE JE LAURAI TUÉ... PUISQUEL ÉTAI GENTIL È QUE JE LAIME!

silence a pa tué la sorcière è il sè pa qui la fai.

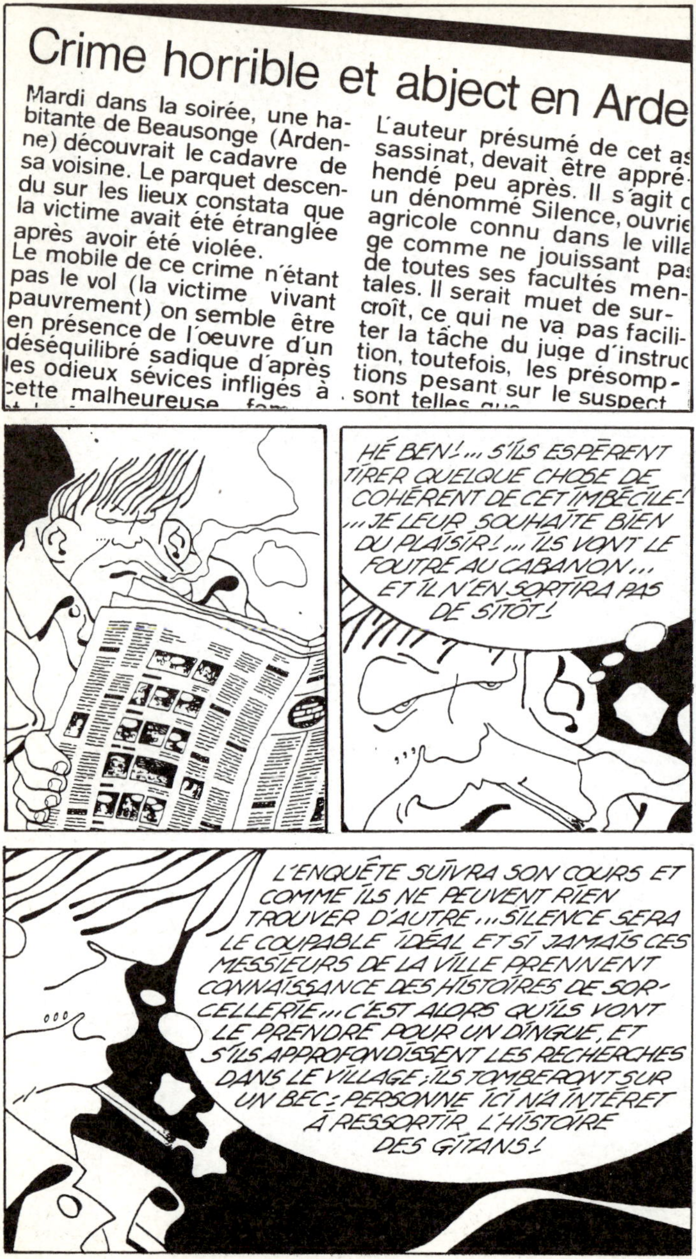
Crime horrible et abject en Arde
Mardi dans la soirée, une habitante de Beausonge (Ardenne) découvrait le cadavre de sa voisine. Le parquet descendu sur les lieux constata que la victime avait été étranglée après avoir été violée.
Le mobile de ce crime n'étant pas le vol (la victime vivant pauvrement) on semble être en présence de l'oeuvre d'un déséquilibré sadique d'après les odieux sévices infligés à cette malheureuse
L'auteur présumé de cet as sassinat, devait être appré- hendé peu après. Il s'agit d un dénommé Silence, ouvrie agricole connu dans le villa ge comme ne jouissant pas de toutes ses facultés mentales. Il serait muet de surcroît, ce qui ne va pas faciliter la tâche du juge d'instruc tion, toutefois, les présomptions pesant sur le suspect sont telles
HÉ BEN ! ... S'ILS ESPÈRENT TIRER QUELQUE CHOSE DE COHÉRENT DE CET IMBÉCILE ! ... JE LEUR SOUHAITE BIEN DU PLAISIR ! ... ILS VONT LE FOUTRE AU CABANON ... ET IL N'EN SORTIRA PAS DE SITÔT !
L'ENQUÊTE SUIVRA SON COURS ET COMME ILS NE PEUVENT RIEN TROUVER D'AUTRE ... SILENCE SERA LE COUPABLE IDÉAL ET SI JAMAIS CES MESSIEURS DE LA VILLE PRENNENT CONNAISSANCE DES HISTOIRES DE SORCELLERIE ... C'EST ALORS QU'ILS VONT LE PRENDRE POUR UN DINGUE, ET S'ILS APPROFONDISSENT LES RECHERCHES DANS LE VILLAGE ; ILS TOMBERONT SUR UN BEC : PERSONNE ICI N'A INTÉRET À RESSORTIR L'HISTOIRE DES GITANS !

NON. JE N'AI PLUS RIEN À CRAINDRE, LES DEUX PLUS DANGEREUX TÉMOINS SONT ÉLIMINÉS DÉFINITIVEMENT!
3
3
4
HÉ! BLANCHE-NEIGE! JE T'AMÈNE DE LA COMPAGNIE!... TE CASSERA PAS LES PIEDS AVEC SES BAVARDAGES... C'EST MUET!

4

ÇA VA, T'ES UN VRAI MUET ! ... FAUT PAS M'EN VOULOIR VIEUX, MAIS ICI, CHEZ LES DINGUES, FAUT SE MÉFIER DE TOUT !

HÉ LE MUET!... QU'EST-CE TU REGARDES COMME ÇA?... HA!... LES CARTES POSTALES!
...C'EST LA MER!... TU AIMES BIEN LA MER?...
BRAVO! MOI AUSSI... ALORS, RIEN QUE POUR TOI, JE VAIS CHANTER UNE CHANSON DE MARIN!

HARDI LES GARS VI
AU GUINDEAU
HARDI LES GARS ADIEU BORDEAUX!
AU CAP HORN IL NE FERA PAS CH
AUD POUR FAIRE LA PÊCHE AU CA
CHALOT. PLUS D'UN Y LAISSERA

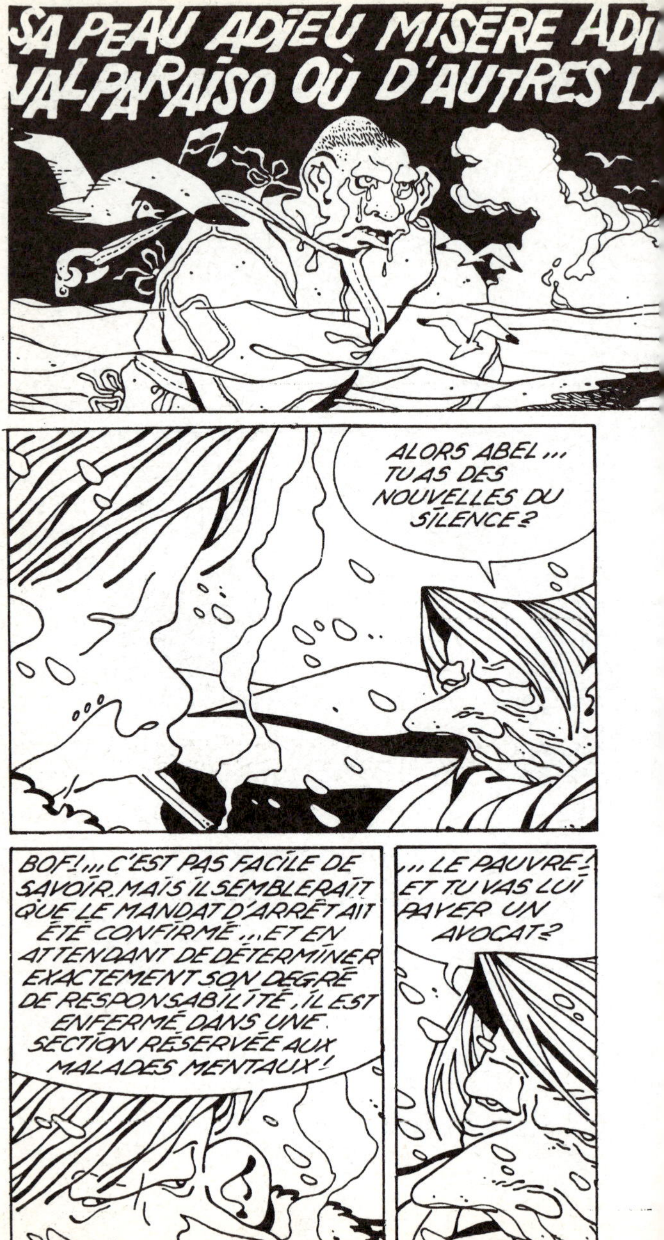
SA PEAU ADIEU MISÈRE ADI
VALPARAISO OÙ D'AUTRES LA
ALORS ABEL… TU AS DES NOUVELLES DU SILENCE?
BOF!… C'EST PAS FACILE DE SAVOIR. MAIS IL SEMBLERAIT QUE LE MANDAT D'ARRÊT AIT ÉTÉ CONFIRMÉ… ET EN ATTENDANT DE DÉTERMINER EXACTEMENT SON DEGRÉ DE RESPONSABILITÉ, IL EST ENFERMÉ DANS UNE SECTION RÉSERVÉE AUX MALADES MENTAUX!
… LE PAUVRE! ET TU VAS LUI PAYER UN AVOCAT?

TEU BATEAU. ET NOUS IRONS
S SERONT LEURS OS...
AH!... NON... POURQUOI DÉPENSER DU FRIC... ALORS, QU'IL EN AURA UN COMMIS D'OFFICE!
N'EMPÊCHE... J'AURAIS PAS CRU ÇA DE LUI!... IL PARAÎT QU'ELLE ÉTAIT ARRANGÉE LA VIEILLE!... BON!... ALLEZ! SALUT!
C'EST ÇA... VIEUX CON! ET QUE LE CUL TE PÈLE!

ALORS, T'AS PASSÉ TES PREMIERS TESTS ?... SILENCE !... OUI, JE SAIS ON T'APPELLE AINSI, J'AI PARLÉ AVEC "TÊTE DE BOEUF" : LE GARDIEN, DIS DONC, T'Y AS PAS ÉTÉ DE MAIN MORTE, TU L'AS SALEMENT AMOCHÉE CETTE BONNE FEMME !...
J'AI PAS DE CONSEIL À TE DONNER VIEUX, MAIS SI T'ES PAS FOU, ESSAIE DE TE FAIRE PASSER POUR TEL, SINON... TU IRAS AUX ASSISES ET LÀ, "ILS" AURONT TA TÊTE ! MOI, C'EST CE QUE JE FAIS !
C'EST MARRANT ! LE FAUX FOU ET LE MUET ! ÇA ME RAPPELLE UN FILM : "VOL AU DESSUS D'UN NID DE COUCOU", MAIS C'ÉTAIT EN AMÉRIQUE, ICI, CE N'EST PAS LA MÊME CHOSE !

INNOCENT!...OUAIS...T'AS L'AIR SANS MALICE, MAIS ÇA SUFFIT PAS POUR CONVAINCRE UN JURY!...DE TOUTE FAÇON, MOI JE M'EN FOUS, JE SUIS PAS TON CONFESSEUR... ET LA JUSTICE!...PFUUIT!...TOI COMME MOI NOUS SERONS TOUJOURS REJETÉS!... LES GENS N'AIMENT PAS CEUX QUI SONT DIFFÉRENTS...ILS EN ONT **PEUR!**
silence è inosen
T'AS PAS DÛ SOUVENT AVOIR LA VIE FACILE HEIN?...LE MUET!...LA SOLITUDE TU DOIS CONNAÎTRE!...TOUS DES SALAUDS!... ALLEZ VIEUX!... ON EST AMIS.

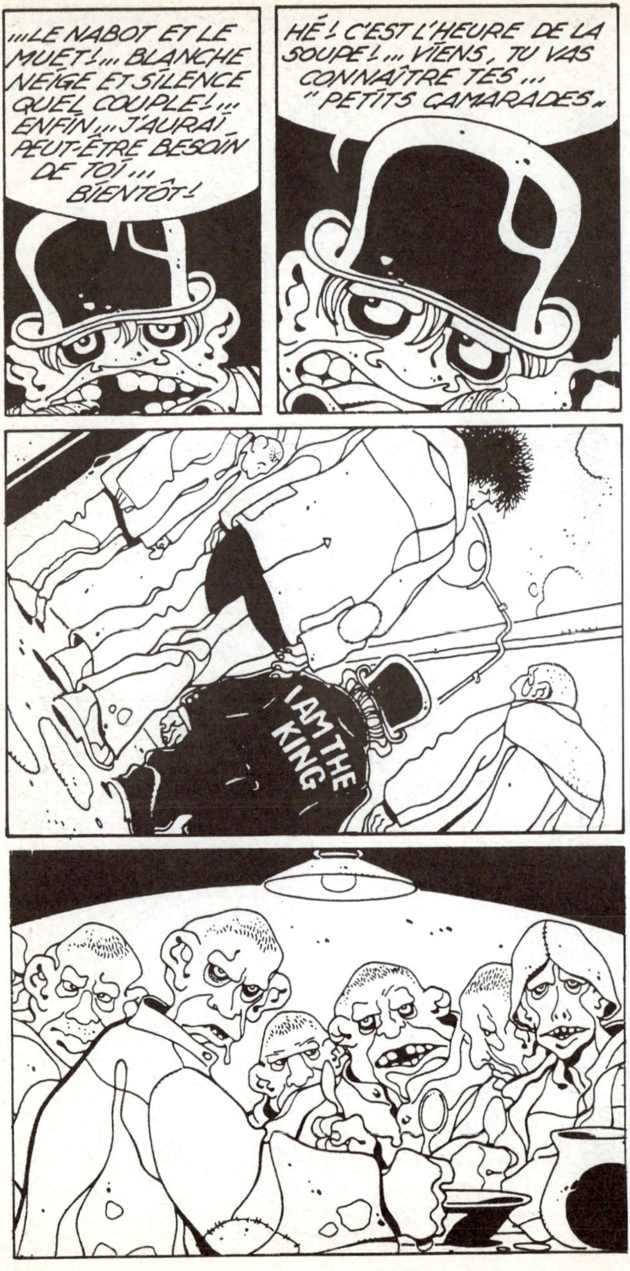
...LE NABOT ET LE MUET!... BLANCHE NEIGE ET SILENCE QUEL COUPLE!... ENFIN... J'AURAI PEUT-ÊTRE BESOIN DE TOI... BIENTÔT!
HÉ! C'EST L'HEURE DE LA SOUPE!... VIENS, TU VAS CONNAÎTRE TES... "PETITS CAMARADES"
I AM THE KING

... SONT SYMPATHIQUES HEIN! ... MÉFIE-TOI ... SONT VICIEUX ... ACCROCHE-TOI À TA CÔTELETTE VIEUX! SINON, ILS T'LA PIQUERONT!
I AM
KIN
SILENCE! ... J'TE PRÉSENTE "LE MAGE" ... IL EST INQUIÉTANT, MAIS PAS MÉCHANT ... C'EST UN ANCIEN DENTISTE ... FERU D'OCCULTISME, IL S'EST FRAISÉ LE CRÂNE POUR S'OUVRIR LE 3ème OEIL! ...
... UN JOUR, IL A TUÉ SA FEMME ET SES TROIS ENFANTS! ... IL A PRÉTENDU QUE C'ÉTAIT DIEU QUI LUI AVAIT ORDONNÉ DE LE FAIRE! ... LES JUGES NE L'ONT PAS CRU!

...SÍ...
SÍLENCE!...
...QUELQU'UN VEUT TE PARLER... ÉCOUTE... C'EST UNE FEMME... ÉCOUTE... ÉCOUTE...
ÇA Y EST! IL RECOMMENCE! ...IL PÍQUE À NOUVEAU UNE CRÍSE!
"SÍL...ENCE... TU N'AS... RÍEN FAÍT. ...RÍEN... FAÍT!... CE... N'EST PAS TOÍ... QUÍ... M'A TUÉE!
MÈ!... CÈ LA VOÍ DE LA SORCÍÈRE!... COMEN QUE CÈ POSÍBLE?... PUÍSQUELLE È MORT!
...SÍLENCE!... ÍL... FAUT... QUE TU... RETOURNES... À BEAUSONGE ...DANS... MA MAÍSON... MA MAÍSON!

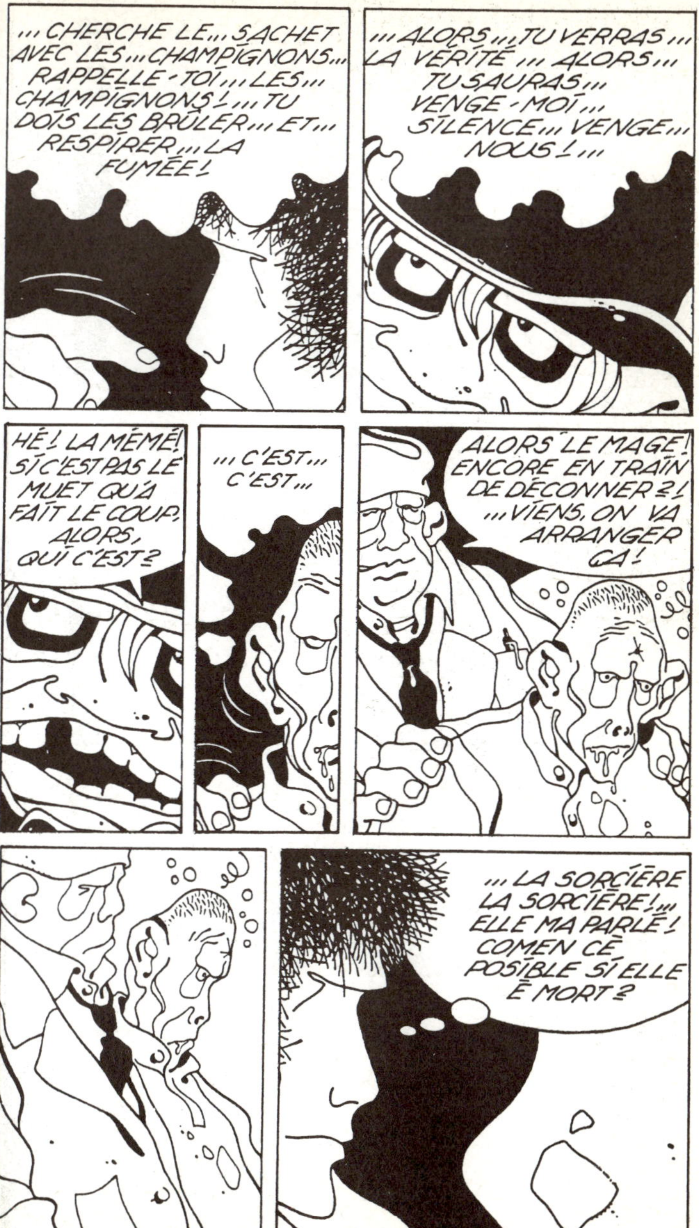

... CHERCHE LE... SACHET AVEC LES... CHAMPIGNONS... RAPPELLE-TOI... LES... CHAMPIGNONS!... TU DOIS LES BRÛLER... ET... RESPIRER... LA FUMÉE!
... ALORS... TU VERRAS... LA VÉRITÉ... ALORS... TU SAURAS... VENGE-MOI... SILENCE... VENGE... NOUS!...
HÉ! LA MÉMÉ! SI C'EST PAS LE MUET QU'A FAIT LE COUP, ALORS, QUI C'EST?
... C'EST... C'EST...
ALORS LE MAGE! ENCORE EN TRAIN DE DÉCONNER?! ... VIENS, ON VA ARRANGER ÇA!
... LA SORCIÈRE LA SORCIÈRE!... ELLE MA PARLÉ! COMEN CÉ POSIBLE SI ELLE É MORT?

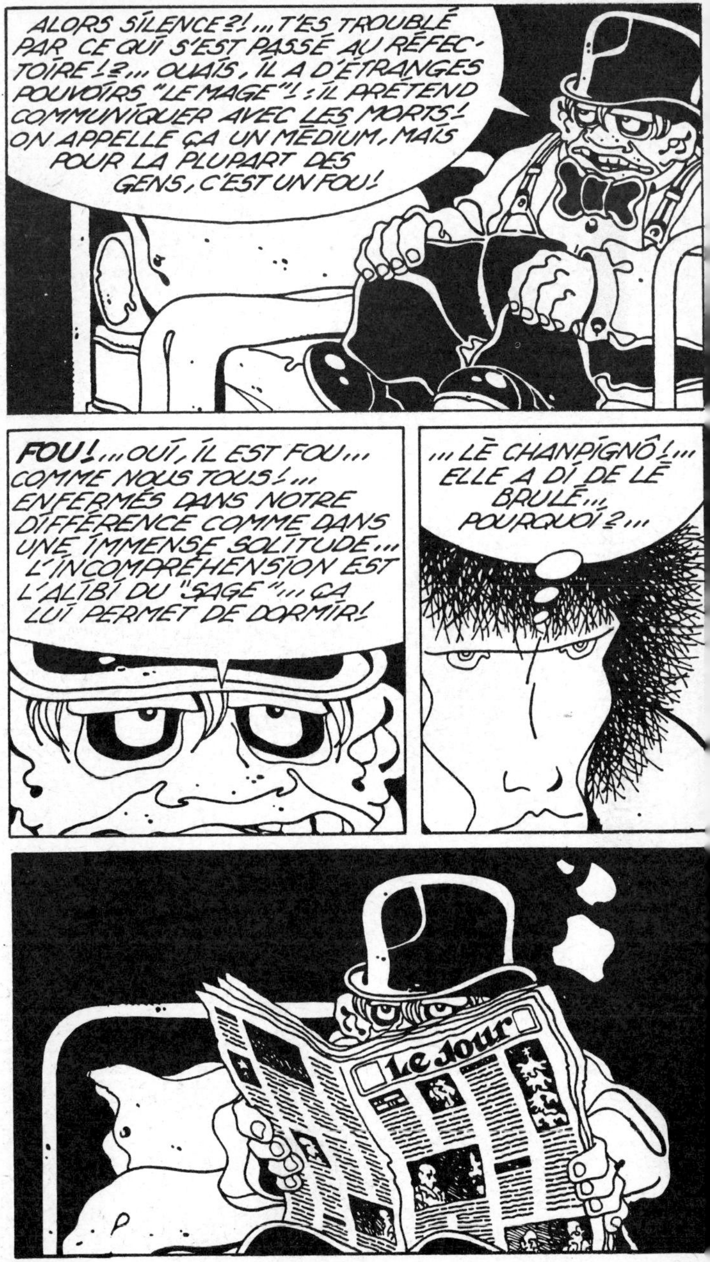
ALORS SILENCE ?! ... T'ES TROUBLÉ PAR CE QUI S'EST PASSÉ AU RÉFECTOIRE !? ... OUAIS, IL A D'ÉTRANGES POUVOIRS "LE MAGE" ! : IL PRÉTEND COMMUNIQUER AVEC LES MORTS ! ON APPELLE ÇA UN MÉDIUM, MAIS POUR LA PLUPART DES GENS, C'EST UN FOU !
FOU ! ... OUI, IL EST FOU ... COMME NOUS TOUS ! ... ENFERMÉS DANS NOTRE DIFFÉRENCE COMME DANS UNE IMMENSE SOLITUDE ... L'INCOMPRÉHENSION EST L'ALIBI DU "SAGE" ... ÇA LUI PERMET DE DORMIR !
... LÈ CHANPIGNÔ ! ... ELLE A DI DE LE BRULÉ ... POURQUOI ? ...
Le Jour

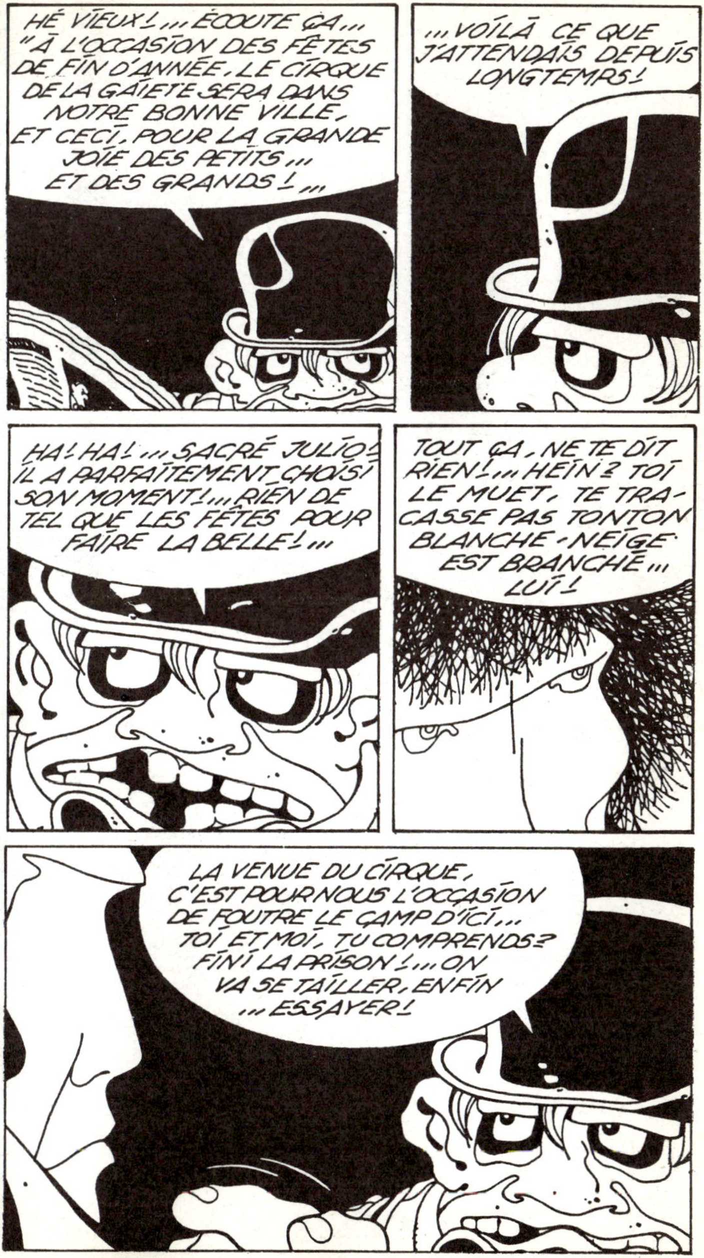
HÉ VIEUX!... ÉCOUTE ÇA... "À L'OCCASION DES FÊTES DE FIN D'ANNÉE, LE CIRQUE DE LA GAÎETÉ SERA DANS NOTRE BONNE VILLE, ET CECI, POUR LA GRANDE JOIE DES PETITS... ET DES GRANDS!...
...VOILÀ CE QUE J'ATTENDAIS DEPUIS LONGTEMPS!
HA! HA!... SACRÉ JULIO! IL A PARFAITEMENT CHOISI SON MOMENT!... RIEN DE TEL QUE LES FÊTES POUR FAIRE LA BELLE!...
TOUT ÇA, NE TE DIT RIEN!... HEIN? TOI LE MUET, TE TRACASSE PAS TONTON BLANCHE-NEIGE EST BRANCHÉ... LUI!
LA VENUE DU CIRQUE, C'EST POUR NOUS L'OCCASION DE FOUTRE LE CAMP D'ICI... TOI ET MOI, TU COMPRENDS? FINI LA PRISON!... ON VA SE TAILLER, ENFIN ...ESSAYER!

CHAPITRE VII : ZELDA

128
ALLONS ! ALLONS ! ... DU CALME BANDE DE TARÉS ! ... IL Y A UN MORCEAU DE BÛCHE POUR TOUT LE MONDE !

C'EST ÇA VIEUX CON! ...FOUS-TOI LA OÙ JE PENSE TA BÛCHE... NOUS, NOUS ALLONS EN PROFITER POUR FILER!
...SUIS-MOI. ET FAIS SEMBLANT D'ÊTRE MALADE!
HÉ!... OÙ ALLEZ-VOUS VOUS DEUX?
C'EST DOMMAGE POUR LA PETITE FÊTE CHEF!... MAIS. IL N'EST PAS BIEN. IL VAUT MIEUX QU'IL SE COUCHE!

PFFT... TOUS DES FAUX DURS CES CINGLÉS, UN VERRE DE ROSÉ, ET ILS SONT PRÊTS À DÉGUEULER ... SALAUDS !
C'EST BIEN CE QUE JE PENSAIS, LA PORTE DE LA COUR N'EST PAS SOUS SURVEILLANCE !... LES GARDIENS DOIVENT BOIRE LE COUP AU POSTE !
6
6
ÇA VA... LA VOIE EST LIBRE, SUIS-MOI ET FAIS EXACTEMENT CE QUE JE TE DIRAI !

JUSQU'ICI, TOUT VA BIEN. LES GARDIENS FÊTENT LE RÉVEILLON. MAIS... SOYONS SUR NOS GARDES, UNE PATROUILLE EST TOUJOURS POSSIBLE!
ATTENTION! COLLE-TOI AU MUR!

AU SUPER, MA FEMME A ACHETÉ UN SAPIN EN PLASTIQUE !... C'EST PLUS BEAU ET MOINS SALISSANT !...
...PATROUILLE DE ROUTINE... ILS N'ONT RIEN REMARQUÉ !... VIENS, NOUS POUVONS Y ALLER MAINTENANT !
SI JE T'AIDE, CROIS-TU POUVOIR ARRIVER LÀ-HAUT, ENSUITE ME TIRER À TOI ?!...
OUI... C'EST ÇA ! COMME ÇA... À MOI MAINTENANT !

ICI, NOUS SOMMES À L'ABRI DES REGARDS INDISCRETS ... SURTOUT AVEC CE QUI TOMBE!... J'ESPÈRE QUE JULIO SERA À L'HEURE... JE NE TIENS PAS À ATTRAPER LA CRÈVE!

...ÇA Y EST!... JULIO A ATTACHÉ L'ÉCHELLE... À NOUS LA LIBERTÉ!
NE T'INQUIÈTE PAS, C'EST DU SOLIDE!... MAIS NE TIRE PAS SUR CE CÂBLE... IL COMMANDE LE MOUSQUETON QUI PERMETTRA DE RÉCUPÉRER L'ÉCHELLE!
GROUILLEZ-VOUS NOM DE DIEU!... CE SERAIT TROP CON DE SE FAIRE COINCER MAINTENANT!

VITE, INSTALLEZ-VOUS À L'ARRIÈRE, ET SI ON CROISE DES FLICS, FAITES-VOUS AUSSI PETITS QUE POSSIBLE!
MERCI... POUR MOI, C'EST DÉJÀ FAIT!... D'AILLEURS, NOTRE ÉVASION NE DEVRAIT ÊTRE DÉCOUVERTE QU'À L'APPEL DE DEMAIN MATIN!
MMMMH... POSSIBLE... MAIS MIEUX VAUT ÊTRE PRUDENT!

DIS DONC BLANCHE-NEIGE, C'ÉTAIT PAS PRÉVU QUE TU NE SERAIS PAS SEUL ! IL EST COMMENT TON COPAIN ... CINGLÉ ?...
... SAIS PAS ... ÇA N'A AUCUNE IMPORTANCE : C'EST UN AMI ! DE TOUTE FAÇON, IL NE T'EMMERDERA PAS ... IL EST MUET !
MMMH !... EN TOUT CAS, IL A UNE SALE GUEULE ... ET VA FALLOIR LUI TROUVER UNE PLANQUE !

T'ES PAS MAL NON PLUS!... ET ZELDA TU NE CROÎS PAS QU'ELLE ACCEPTERAÎT DE LE CACHER?
ÇA VA PAS LA CHANGER BEAUCOUP DE SES BESTÎOLES! AVEC ZELDA, C'EST DÎFFÎCÎLE DE PRÉVOÎR... ENFÎN, ON PEUT TOUJOURS ESSAYER! BÎEN QUE CELA NE ME PLAÎSE PAS TROP!
TU EN ES TOUJOURS AMOUREUX?
VOÎLÀ, NOUS Y SOMMES!... ATTENDEZ-MOÎ DANS LA VOÎTURE, JE VAÎS PARLER À ZELDA!
LDA

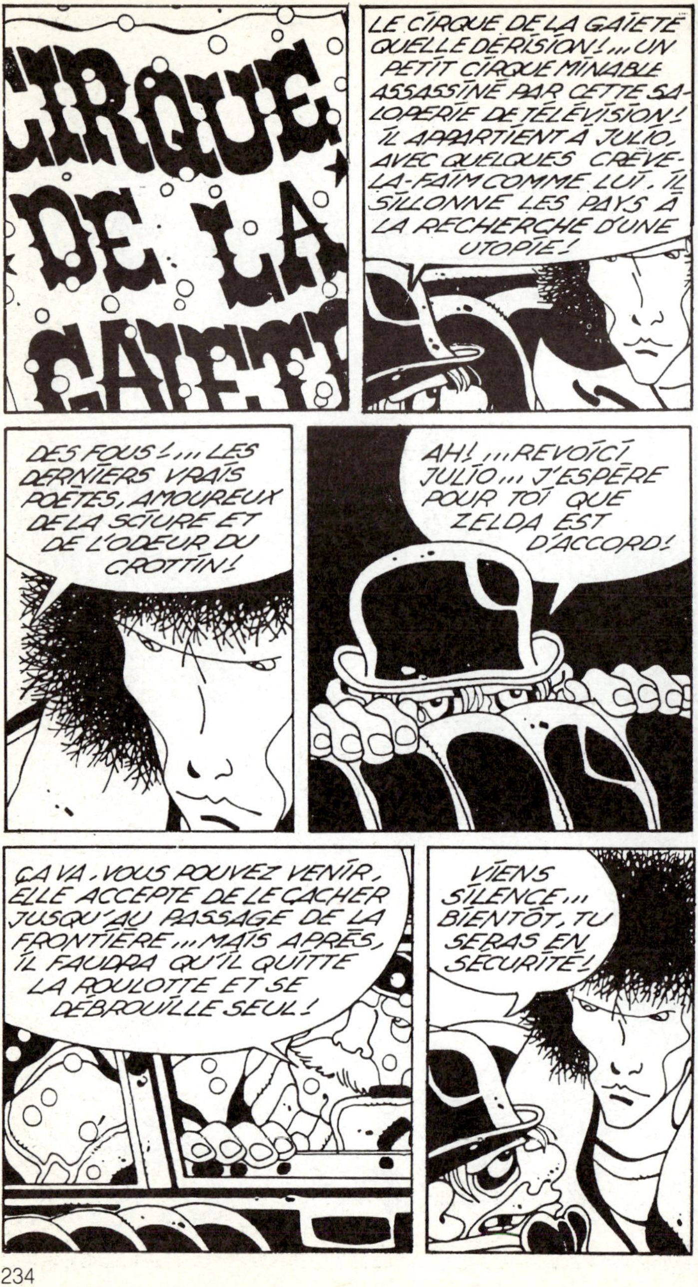
CIRQUE DE LA GAÎETÉ
LE CIRQUE DE LA GAÎETÉ QUELLE DÉRISION!... UN PETIT CIRQUE MINABLE ASSASSINÉ PAR CETTE SALOPERIE DE TÉLÉVISION! IL APPARTIENT À JULIO, AVEC QUELQUES CRÈVE-LA-FAIM COMME LUI. IL SILLONNE LES PAYS À LA RECHERCHE D'UNE UTOPIE!
DES FOUS!... LES DERNIERS VRAIS POÈTES, AMOUREUX DE LA SCIURE ET DE L'ODEUR DU CROTTIN!
AH!...REVOICI JULIO... J'ESPÈRE POUR TOI QUE ZELDA EST D'ACCORD!
ÇA VA. VOUS POUVEZ VENIR. ELLE ACCEPTE DE LE CACHER JUSQU'AU PASSAGE DE LA FRONTIÈRE... MAIS APRÈS, IL FAUDRA QU'IL QUITTE LA ROULOTTE ET SE DÉBROUILLE SEUL!
VIENS SILENCE... BIENTÔT, TU SERAS EN SÉCURITÉ!

BONJOUR PETITE BÊTE, TU N'AS PAS CHANGÉ ...TOUJOURS AUSSI BELLE!
SALUT PETIT CRAPAUD, TU N'AS PAS CHANGÉ ...TOUJOURS AUSSI LAID!

HÉ! JULIO! ... IL N'A PAS UNE SALE GUEULE!... IL A MÊME DE BEAUX YEUX... DES YEUX DE SERPENT!
HO! ÇA VA!... MOI, IL NE M'EST PAS SYMPATHIQUE... ALLEZ! IL EST TEMPS QU'ILS SE CACHENT. MOI, JE VAIS M'OCCUPER DE LA BAGNOLE... LES FLICS PEUVENT ARRIVER D'UN MOMENT À L'AUTRE!
OUI, TU AS RAISON, VENEZ, VOUS SEREZ UN PEU À L'ÉTROIT, MAIS C'EST UNE CACHE SÛRE! TU TE RAPPELLES BLANCHE-NEIGE, ELLE SERVAIT À LA CONTREBANDE!
...HÉ!... TU NE VEUX PAS DIRE QUE!?...

MAIS SI!... ILS TE FONT PEUR PETIT CRAPAUD?... TANT MIEUX!... LES FLICS EN AURONT ENCORE PLUS PEUR!... ILS ÉVITERONT D'Y REGARDER DE TROP PRÈS!
NOM DE DIEU!
ALLEZ!... VENEZ, NOUS AVONS PERDU ASSEZ DE TEMPS!
LE LENDEMAIN...

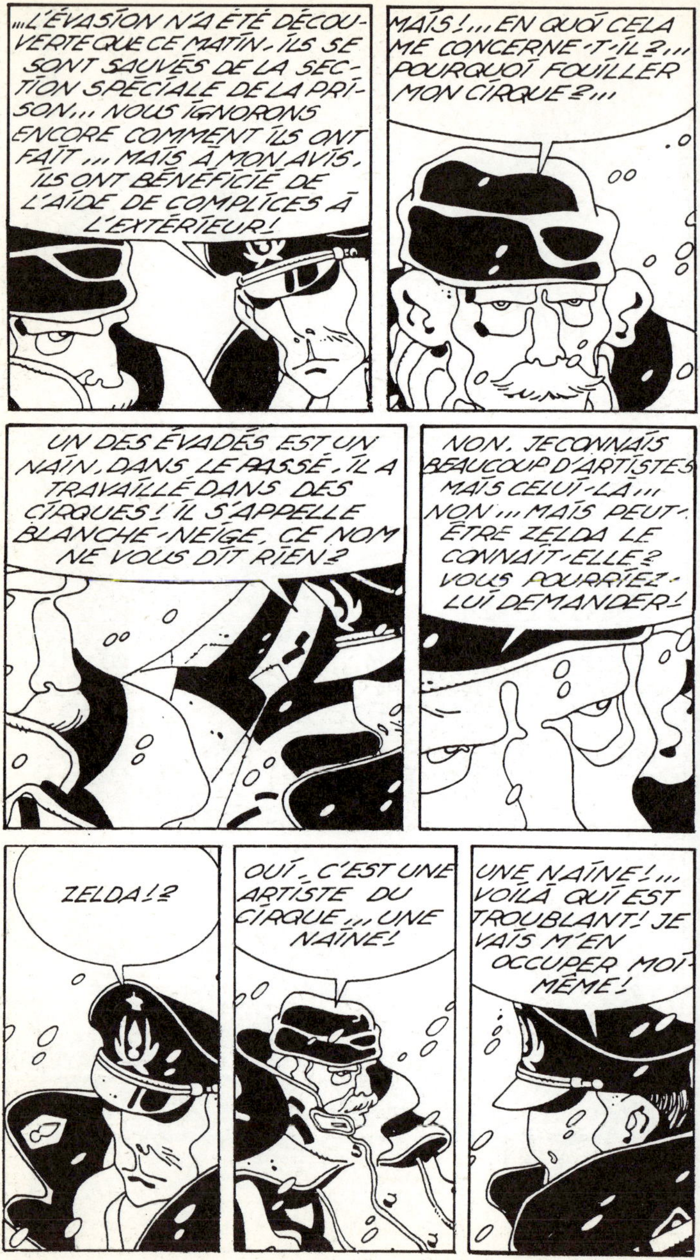
...L'ÉVASION N'A ÉTÉ DÉCOUVERTE QUE CE MATIN. ILS SE SONT SAUVÉS DE LA SECTION SPÉCIALE DE LA PRISON... NOUS IGNORONS ENCORE COMMENT ILS ONT FAIT ... MAIS À MON AVIS, ILS ONT BÉNÉFICIÉ DE L'AIDE DE COMPLICES À L'EXTÉRIEUR!
MAIS!... EN QUOI CELA ME CONCERNE-T-IL?... POURQUOI FOUILLER MON CIRQUE?...
UN DES ÉVADÉS EST UN NAIN. DANS LE PASSÉ, IL A TRAVAILLÉ DANS DES CIRQUES! IL S'APPELLE BLANCHE-NEIGE, CE NOM NE VOUS DIT RIEN?
NON. JE CONNAIS BEAUCOUP D'ARTISTES MAIS CELUI-LÀ... NON... MAIS PEUT-ÊTRE ZELDA LE CONNAIT-ELLE? VOUS POURRIEZ LUI DEMANDER!
ZELDA!?
OUI, C'EST UNE ARTISTE DU CIRQUE... UNE NAINE!
UNE NAINE!... VOILÀ QUI EST TROUBLANT! JE VAIS M'EN OCCUPER MOI-MÊME!

VOUS CRAIGNEZ PEUT-ÊTRE L'EXISTENCE D'UNE FRANC-MAÇONNERIE DES NAINS ?!...
BLANCHE-NEIGE!... NON! MAIS JE CONNAIS... SIMPLET, PROF, ATCHOUM, VOUS SAVEZ D'HABITUDE, JE M'INTÉRESSE SURTOUT AUX HOMMES PLUS... GRANDS!
ZELDA
MAIS SI VOUS VOULEZ, VOUS POUVEZ FOUILLER MA ROULOTTE ... QUI SAIT? VOUS LE TROUVEREZ PEUT-ÊTRE CACHÉ DANS MA BOÎTE À SEL!
QU'Y A-T-IL DANS CETTE PIÈCE?...
AH!... MES AMIS!... VOYEZ VOUS MÊME... MAIS MÉFIEZ-VOUS, ILS CRAIGNENT LE FROID!

VOS AMÍS!?...
DÍEU!...
MAÍS!... CE SONT DES SERPENTS!
HÉ OUÍ!... VOUS NE LE SAVÍEZ PAS?... JE SUÍS MONTREUSE DE SERPENTS!... REGARDEZ!

VOYEZ COMME ELLE EST BELLE... C'EST UNE VIPÈRE, SON VENIN EST MORTEL POUR L'HOMME, MAIS VOUS POUVEZ LA CARESSER... ELLE ADORE ÇA!...
NON... NON... MERCI ... JE... VOUS ÊTES BIEN AIMABLE... MAIS... HEU... ÉVIDEMMENT, SON VENIN EST ENLEVÉ... SA MORSURE N'EST PLUS DANGEREUSE.
VOYONS!... SANS VENIN, LE JEU SERAIT SANS CHARME! EN PLUS, SI ON ÔTE LEUR VENIN, LES SERPENTS DÉPÉRISSENT. ILS DEVIENNENT MOINS BRILLANTS... MOINS BEAUX!
MAIS C'EST TERRIBLEMENT DANGEREUX ÇA!... ET S'ILS S'ÉCHAPPAIENT HEIN?... ILS POURRAIENT MORDRE DES GENS!... VOUS EN SERIEZ RESPONSABLE!

DANS CE CAS, JE FERAIS APPEL À VOS SERVICES POUR ME LES RETROUVER !
... BON ! ... BEN, JE VAIS JETER UN COUP D'OEIL DANS LE RESTE DE LA ROULOTTE ! HEU ... PARDONNEZ-MOI, MAIS LA PRÉSENCE DE VOS BESTIOLES ME MET MAL À L'AISE !
ET MOI, DONC !

...VOILÀ, VOUS AVEZ TOUT VU... C'EST PETIT UNE ROULOTTE!... AH OUI, ICI DANS LA CUISINE, IL RESTE LA BOÎTE À SEL!...
CHEF!... LE CIRQUE A ÉTÉ ENTIÈREMENT FOUILLÉ! RIEN À SIGNALER... TOUT EST EN ORDRE!
ZE

À MON AVIS, ILS SONT LOIN! ILS AURAIENT ÉTÉ IDIOTS DE RESTER DANS CETTE PETITE VILLE! ... ET VOUS, VOUS COMPTEZ REPARTIR BIENTÔT?
NOUS REPRENONS LA ROUTE DEMAIN... UN PETIT CIRQUE COMME LE NÔTRE NE RESTE PAS LONGTEMPS SUR PLACE!
ELDA
BIEN SÛR! BONNE ROUTE ALORS... ET VOUS, LA DOMPTEUSE; MÉFIEZ-VOUS DE VOS CHARMANTES BESTIOLES, ELLES NE M'INSPIRENT PAS CONFIANCE!
MOI, CE SONT LES ÊTRES HUMAINS QUI NE M'INSPIRENT PAS CONFIANCE...

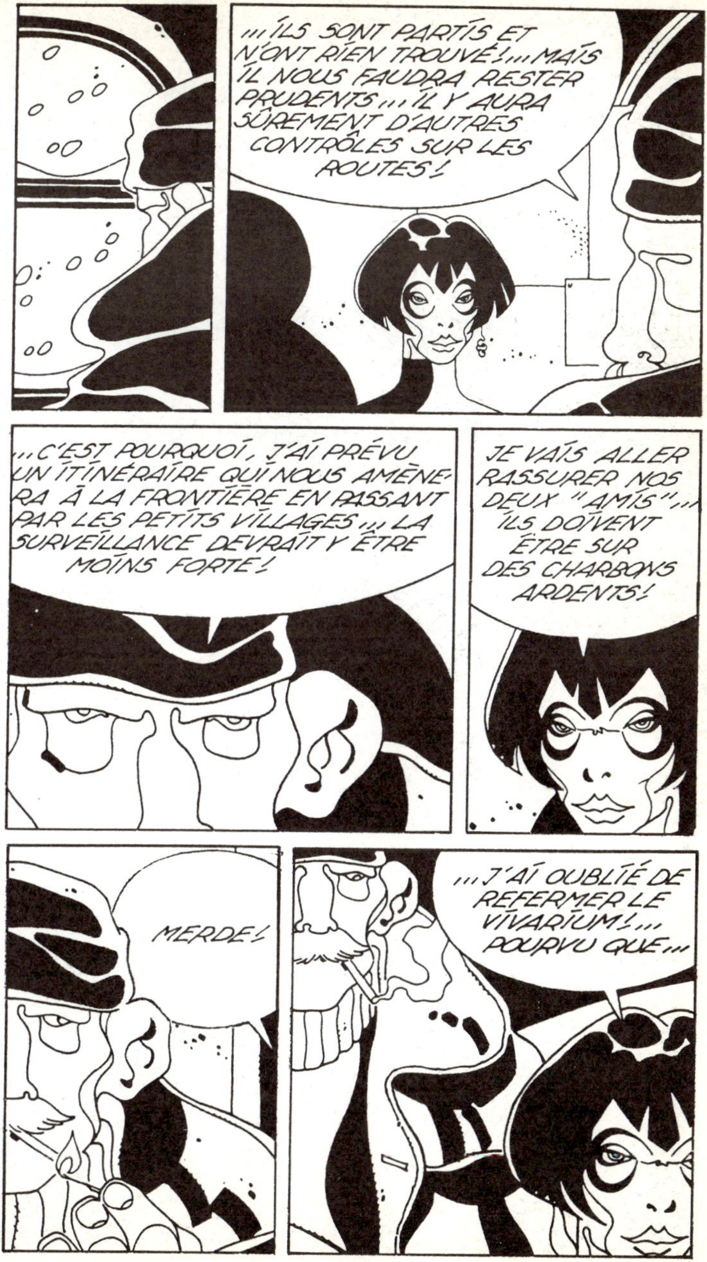
...ILS SONT PARTIS ET N'ONT RIEN TROUVÉ!... MAIS IL NOUS FAUDRA RESTER PRUDENTS... IL Y AURA SÛREMENT D'AUTRES CONTRÔLES SUR LES ROUTES!
...C'EST POURQUOI, J'AI PRÉVU UN ITINÉRAIRE QUI NOUS AMÈNERA À LA FRONTIÈRE EN PASSANT PAR LES PETITS VILLAGES... LA SURVEILLANCE DEVRAIT Y ÊTRE MOINS FORTE!
JE VAIS ALLER RASSURER NOS DEUX "AMIS"... ILS DOIVENT ÊTRE SUR DES CHARBONS ARDENTS!
MERDE!
...J'AI OUBLIÉ DE REFERMER LE VIVARIUM!... POURVU QUE...

NOM DE DIEU!...IL ÉTAIT TEMPS QUE TU ARRIVES, QUELLE FROUSSE!...J'AI PLUS UN POIL DE SEC, J'OSAIS PAS BOUGER UN CIL... VIVEMENT QUE JE SORTE D'ICI, J'AIME ENCORE MIEUX LES FLICS QUE CES BESTIOLES!!!
ALLEZ VIENS PETIT CRAPAUD, IL N'Y A PLUS DE DANGER MAINTENANT; TU PEUX SORTIR!

OUF! PAS FÂCHÉ!... POUR LA ROUTE, FAUT QUE JE TROUVE UNE AUTRE PLANQUE!... ET L'AUTRE CINGLÉ LÀ, ÇA LUI A PAS FOUTU LA TROUILLE, AU CONTRAIRE, IL SEMBLE LES AIMER LES SERPENTS!
MMMH... ILS ONT L'AIR DE BIEN S'ENTENDRE CLOÉ ET LUI... ÉTRANGE!... IL ME PLAÎT DE PLUS EN PLUS CE TYPE!

... BON ! ... RÉCUPÈRE CLOÉ ... NOUS DEVONS PRÉPARER LE DÉPART ... VOUS DEUX, IL VAUT MIEUX QUE VOUS RÉINTÉGRIEZ LA CACHE : LES GENDARMES PEUVENT REVENIR À TOUT INSTANT !
... COMMENT ?! ... IL S'EST ÉVADÉ ! ... MAIS IL ... EN COMPAGNIE D'UN NAIN ! ... NON, JE NE SUIS PAS AU COURANT ... OUI ... OUI ... ÉVIDEMMENT ... EN CE CAS, JE NE MANQUERAIS PAS DE VOUS LE SIGNALER ...

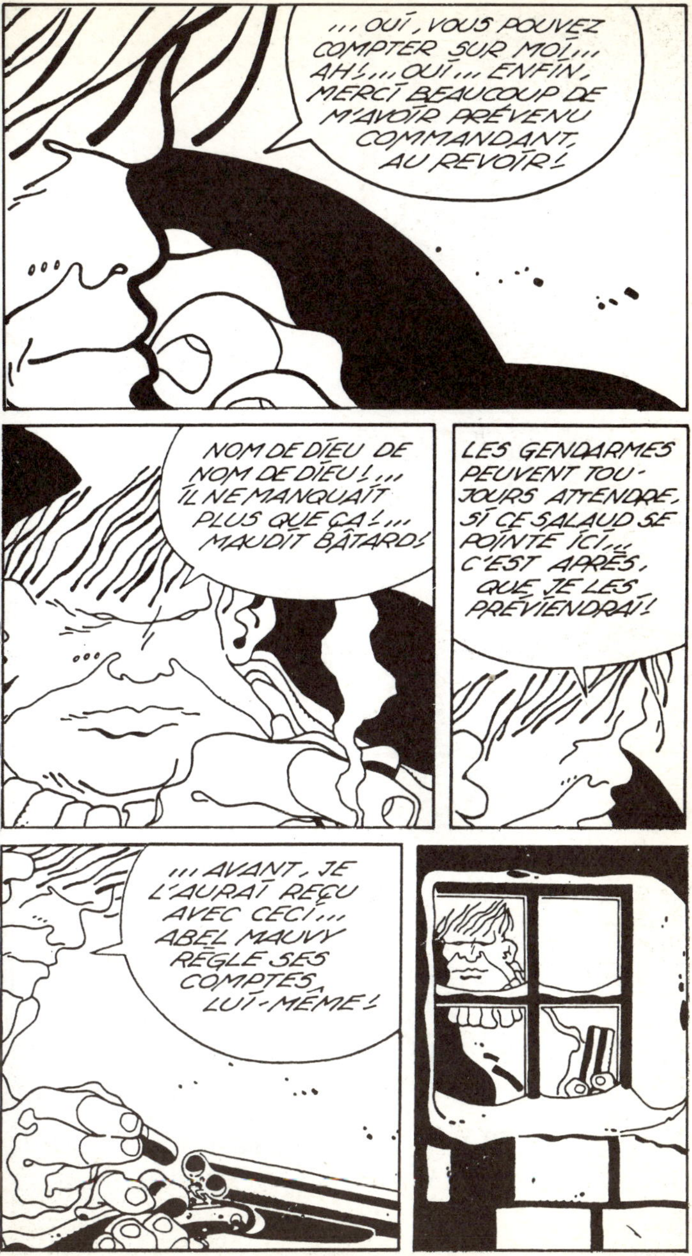
... OUÏ, VOUS POUVEZ COMPTER SUR MOI!... AH!... OUÏ... ENFIN, MERCI BEAUCOUP DE M'AVOIR PRÉVENU COMMANDANT, AU REVOIR!
NOM DE DIEU DE NOM DE DIEU!... IL NE MANQUAIT PLUS QUE ÇA!... MAUDIT BÂTARD!
LES GENDARMES PEUVENT TOUJOURS ATTENDRE, SI CE SALAUD SE POINTE ICI... C'EST APRÈS, QUE JE LES PRÉVIENDRAI!
... AVANT, JE L'AURAI REÇU AVEC CECI... ABEL MAUVY RÈGLE SES COMPTES LUI-MÊME!

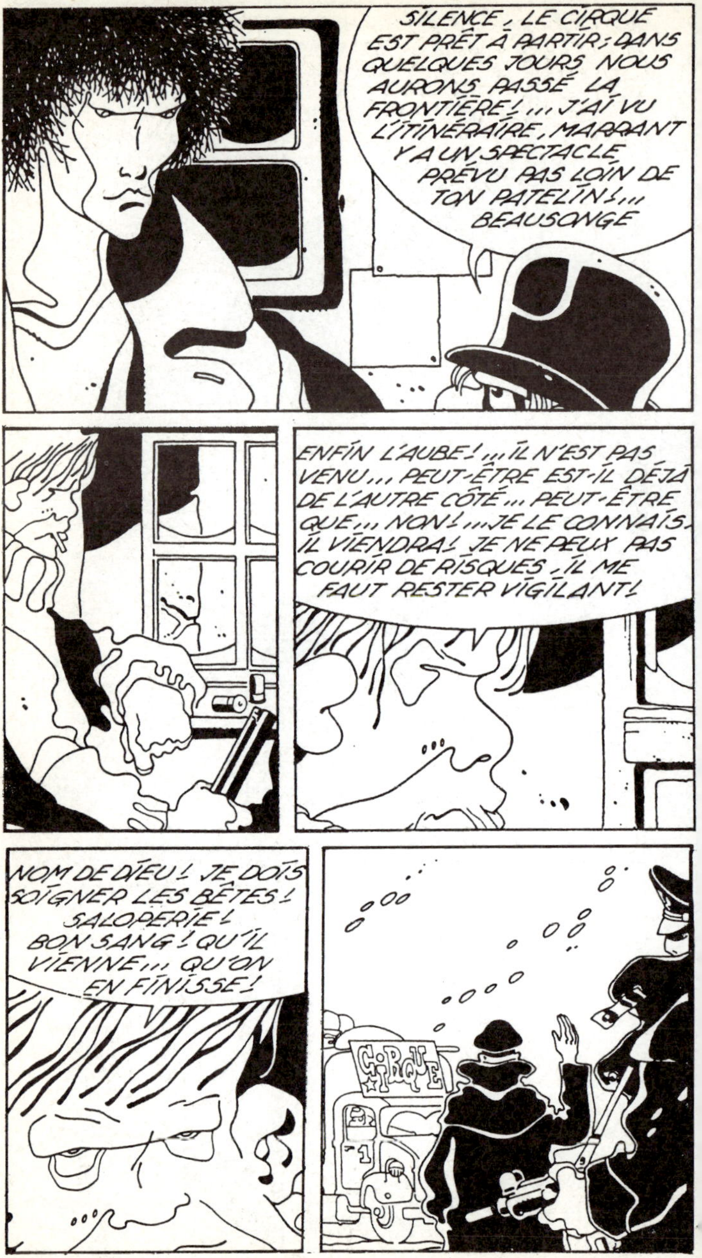
SILENCE, LE CIRQUE EST PRÊT À PARTIR; DANS QUELQUES JOURS NOUS AURONS PASSÉ LA FRONTIÈRE!... J'AI VU L'ITINÉRAIRE, MARRANT Y A UN SPECTACLE PRÉVU PAS LOIN DE TON PATELIN!... BEAUSONGE
ENFIN L'AUBE!... IL N'EST PAS VENU... PEUT-ÊTRE EST-IL DÉJÀ DE L'AUTRE CÔTÉ... PEUT-ÊTRE QUE... NON!... JE LE CONNAIS. IL VIENDRA! JE NE PEUX PAS COURIR DE RISQUES, IL ME FAUT RESTER VIGILANT!
NOM DE DIEU! JE DOIS SOIGNER LES BÊTES! SALOPERIE! BON SANG! QU'IL VIENNE... QU'ON EN FINISSE!
CIRQUE

NE FAÎTES PAS DE BRUIT... IL Y A UN CONTRÔLE ROUTIER. NE VOUS INQUIÉTEZ PAS. ÇA VA ALLER COMME LES PRÉCÉDENTS!
TOC! TOC!
...TREZ!

...JE...HEU...EXCUSE-MOI ABEL, JE... J'AI ENTENDU À LA RADIO QUE LE SILENCE S'ÉTAIT ÉVADÉ ET... QU'IL ÉTAIT DANGEREUX ...ALORS...JE...
HA! HA! ...TU AS LA TROUILLE HEIN! TOINE! ...TOUS, VOUS CRAIGNEZ SA VENGEANCE VILLAGE DE LÂCHES! ... UN FOU MASSACREUR DE FEMMES NE ME FAIT PAS PEUR À MOI! ...FOUS LE CAMP! ...JE SUIS LE MAÎTRE! JE ME DÉFENDS SEUL! ... SEUL!
MERDE! ...Y DEVIENT CINGLÉ L'ABEL... J'AI CRU QU'IL ALLAIT ME TIRER DESSUS! ...SALAUD! ...TOUT EST DE SA FAUTE... CE QU'IL NOUS A FAIT FAIRE! ...MOI, JE LUI AI JAMAIS VOULU DU MAL AU MUET!
INCROYABLE! ... C'EST LA PREMIÈRE FOIS QU'IL SEMBLE ÊTRE HEUREUX DEPUIS QUE JE LE CONNAIS!
J'AIMERAIS EN FAIRE MON PARTENAIRE DE CE MUET AMI DES SERPENTS!

...TAS DE MINABLES ! ... FONT TOUS DANS LEURS FROCS ! LEUR MONTRERAI QUI EST LE MAÎTRE À BEAUSONGE !
CE SOIR, ON S'ARRÊTE PRÈS DE TON VILLAGE, OUBLIE CE QUE LE MAGE T'A DIT À LA PRISON : C'EST TROP DANGEREUX !
LA NUIT VENUE...
OUI, LA REPRÉSENTATION A ÉTÉ BONNE, TU SAIS, À LA CAMPAGNE, LA MAGIE DU CIRQUE N'A PAS ENCORE COMPLÈTE...
VENEZ VITE !... LE MUET N'EST PLUS DANS LA ROULOTTE !

...IL EST PEUT-ÊTRE DANS LE CIRQUE!?
...NON! JE PARIE QU'IL EST RETOURNÉ CHEZ LUI... AH! LE CON!
VIENS FACE DE SERPENT... JE SUIS PRÊT... JE T'ATTENDS!

CHAPITRE VIII : LA VENGEANCE DU SERPENT

NON MAÏS, T'ES FOU OU QUOI?... TU VAS TE FAIRE REPÉRER!... TOUT ÇA POUR...
POUR UN AMÏ!... JE DOIS L'AIDER... IL EST TROP NAÏF, IL VA SE JETER DANS LA GUEULE DU LOUP!

ET TOI ALORS!...
TU NE SAIS MÊME
PAS OÙ LE
RETROUVER!
SI, J'AI APPRIS SON
HISTOIRE À LA PRISON,
JE CROIS SAVOIR OÙ IL
SE REND... JE ME
DÉBROUILLERAI! IL
FAUT QUE J'Y AILLE!
TIENS, PRENDS
CECI... ON
NE SAIT
JAMAIS!
MERCI,
J'ESPÈRE NE
PAS AVOIR
À M'EN
SERVIR!
SI TU LE TROUVES,
DIS LUI
QUE...

NON... RIEN... ÇA VA... SALUT PETIT CRAPAUD!
CIRQUE
CIRQUE DE LA GAIETÉ CE SOIR:

ET...
MERDE!
SALOPERIE DE NEIGE! À CROIRE QU'ELLE A ÉTÉ INVENTÉE POUR EMMERDER LES NAINS ET LES CHIENS!
... BEAUSONGE! ... ET LÀ, UNE MAISON ÉCLAIRÉE! ... TANT PIS POUR LES FLICS, JE RISQUE LE COUP!

...AH! ...LA MAISON DE LA SORCIÈRE! ... JE VAIS VOUS EXPLIQUER, MAIS ... HEU ... CE ...CETTE FEMME EST MORTE! ELLE A ÉTÉ ASSASSINÉE!

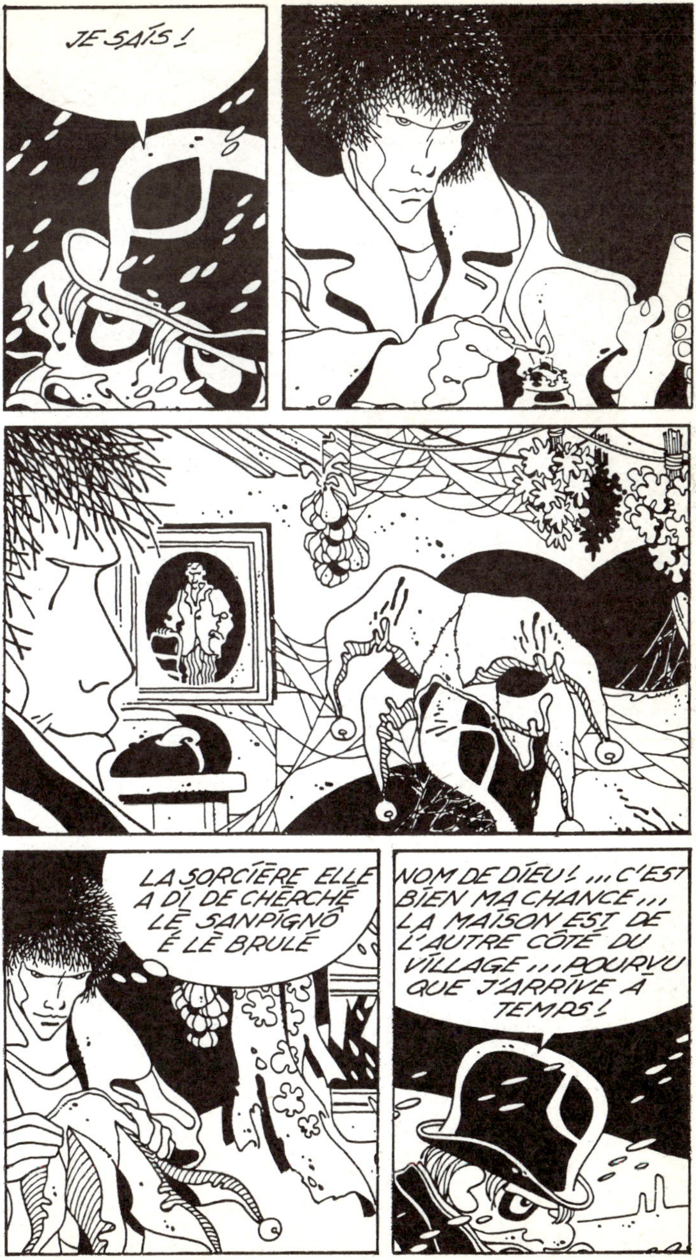
JE SAÎS !
LA SORCÎERE ELLE A DÎ DE CHERCHÉ LÊ SANPÎGNÔ É LÊ BRULÉ
NOM DE DÎEU ! ... C'EST BÎEN MA CHANCE... LA MAÎSON EST DE L'AUTRE CÔTÉ DU VÎLLAGE ... POURVU QUE J'ARRÎVE À TEMPS !

JE DEVIENS FOU!... UN NAIN! UN NAIN EN FRAC AVEC UN CHAPEAU BOULE!... ET... OUI!... LES ÉVADÉS!... MAIS ALORS, LE SILENCE EST REVENU!... ET LE NABOT, JE CROIS BIEN QU'IL AVAIT UN REVOLVER!...
!?!
...ÇA VA BARDER!... JE DEVRAIS PEUT-ÊTRE PRÉVENIR LES GENDARMES? NON!... S'IL VIENT ICI POUR SE VENGER, JE LUI DIRAI AU SILENCE QUE JE N'AI RIEN FAIT, MOI; QUE TOUT EST DE LA FAUTE DE CETTE CRAPULE D'ABEL! HÉ, HÉ... J'AI UNE IDÉE!
!?
ALLO, OUI... AH! C'EST TOI!... QU'EST-CE QUE TU ME VEUX À UNE HEURE PAREILLE?!...

QUOI!...
TU EN ES SÛR?!... NOM DE DIEU! OUI... OUI... MERCI. ALLEZ! SALUT!
MERDE ALORS!... JE L'ATTENDS ICI COMME UN CON ET CETTE ORDURE EST CHEZ LA SORCIÈRE!... J'AURAIS DÛ Y PENSER... ET LE TOINE, COMMENT SAIT-IL ÇA?... BAH!
...ASSEZ PANIQUÉ L'ABEL!... HÉ, HÉ... AVEC UN PEU DE CHANCE, JE N'AURAI JAMAIS BESOIN DE LUI REMBOURSER LE FRIC QUE JE LUI DOIS!
BOUATCH!... CÈ COME AVAN... JE DEVIEN MALATE!

CÈ LA SORCÌERE E MOÌ QUAN JE MEN A ALLÉ !

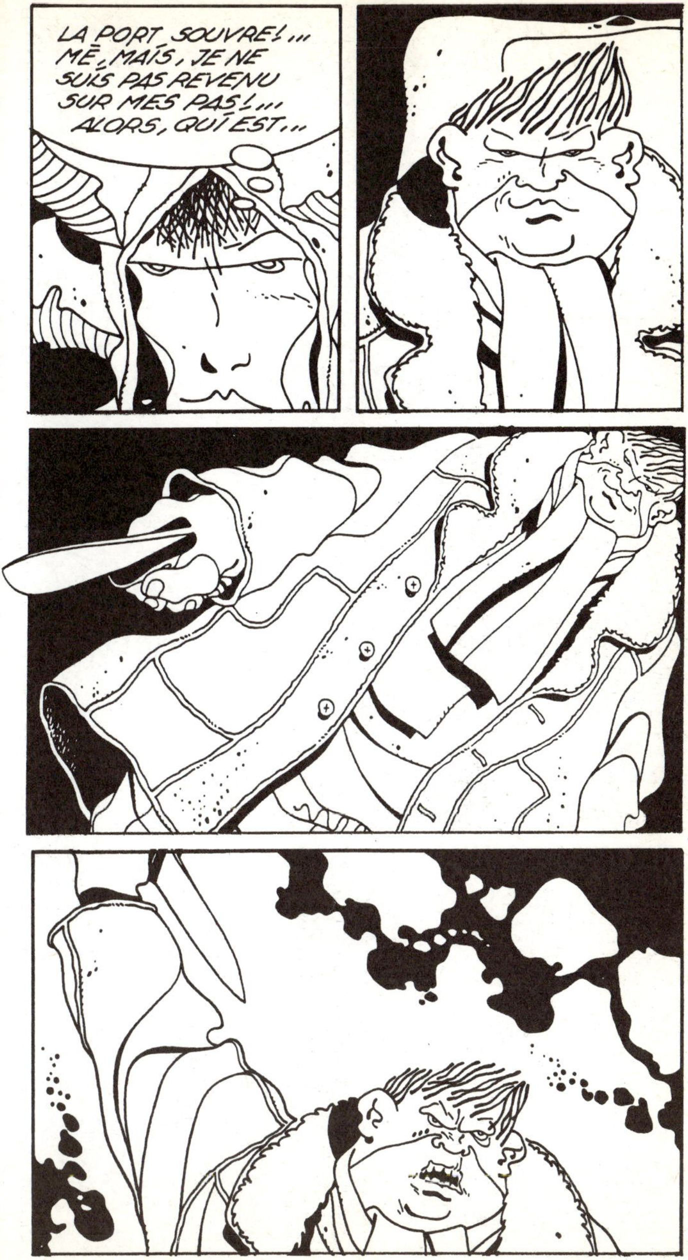
LA PORT SOUVRE!...
MĒ, MAÍS, JE NE
SUÍS PAS REVENU
SUR MES PAS!...
ALORS, QUĪ EST...

... MAÏNTENANT, JE COMPRENDS TOUT! ... LE MAÎTRE! C'EST LUÏ QUÏ A TUÉ LA SORCIÈRE! ... ET CE QU'IL LUÏ FAÏT ... CE ... C'EST MONSTRUEUX!
C'EST FINÏ ... ELLE EST MORTE! ... POURQUOÏ? ... POURQUOÏ? ... QUELLE HORREUR!

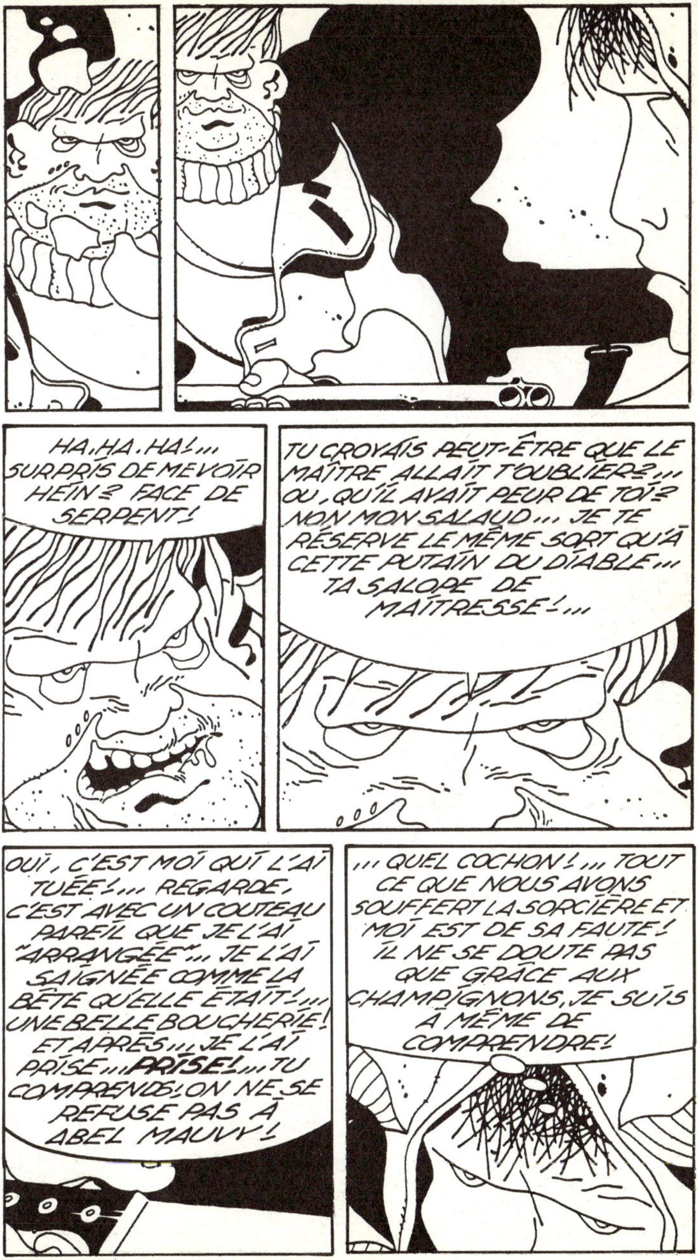
HA.HA.HA!... SURPRIS DE ME VOIR HEIN? FACE DE SERPENT!
TU CROYAIS PEUT-ÊTRE QUE LE MAÎTRE ALLAIT T'OUBLIER?... OU, QU'IL AVAIT PEUR DE TOI? NON MON SALAUD... JE TE RÉSERVE LE MÊME SORT QU'À CETTE PUTAIN DU DIABLE... TA SALOPE DE MAÎTRESSE!...
OUI, C'EST MOI QUI L'AI TUÉE!... REGARDE, C'EST AVEC UN COUTEAU PAREIL QUE JE L'AI "ARRANGÉE"... JE L'AI SAIGNÉE COMME LA BÊTE QU'ELLE ÉTAIT!... UNE BELLE BOUCHERIE! ET APRÈS... JE L'AI PRISE... PRISE!... TU COMPRENDS! ON NE SE REFUSE PAS À ABEL MAUVY!
... QUEL COCHON!... TOUT CE QUE NOUS AVONS SOUFFERT LA SORCIÈRE ET MOI EST DE SA FAUTE! IL NE SE DOUTE PAS QUE GRÂCE AUX CHAMPIGNONS, JE SUIS À MÊME DE COMPRENDRE!

JE VAIS TE TUER MAUDIT BÂTARD ET SANS DANGER! EN FAISANT UNE RONDE, J'AI VU LES SCELLÉS ARRACHÉS ; JE SUIS ENTRÉ ... TU M'AS ATTAQUÉ ET J'AI TIRÉ! HAHAHA! ... LÉGITIME DÉFENSE!
LÉGITIME DÉFENSE! ALORS QUE TU ES INCAPABLE DU MOINDRE GESTE DE VIOLENCE! ... PAUVRE CLOCHE!
CE N'EST QU'UNE BÊTE MALFAISANTE! ... UN MONSTRE! JE LE HAIS! LA SORCIÈRE CRIE VENGEANCE! VENGEANCE!
HÉ! QUE ...

ÇA Y EST, JE ME SUIS PAUMÉ !... OÙ EST-ELLE CETTE FOUTUE BARAQUE ?

IAM THE
KING

TU VAS MOURIR SALAUD! AINSI, LA SORCIÈRE SERA VENGÉE!... ET C'EST MOI L'IDIOT DU VILLAGE QUI...
...JE M'APPELLE SILENCE ET JE SUIS... É JE SUI... GENTIL... GENTI... GENTI...
...GENTI... MÈ POURQUOI QUE JA UN COUTÔ?... É LE MAITE QUI DOR AVÈC DU SAN SUR SA FIGUR!
QUÈS QUI SA PASÉ?... JE SÈ PLU TRÈ BIEN ...MÈ IL FÔ QUE JE MEN VA DICI!

JE VA RETOURNÉ CHÉ MÈ AMÏ DU CÏRQUE!
LE COQUÏLAGE!... LE COQUÏLAGE OUSQUE LA MÈR Ê DEDAN!
JE LA OUBLÏÉ... CÈ PA VOLÉ!... ÏL Ê A SÏLENCE...LA SORCÏÈRE ELLE ME LA DONÉ!

LE MAÎTE DOR TOUJOUR!... JÈSPÈR QUÎL Ê PA MOR!
A! LE COQUÎLAGE Ê LA... CÈ BÎEN!
CÈ BÔ LA MÈR!...

SILENCE !
PAW

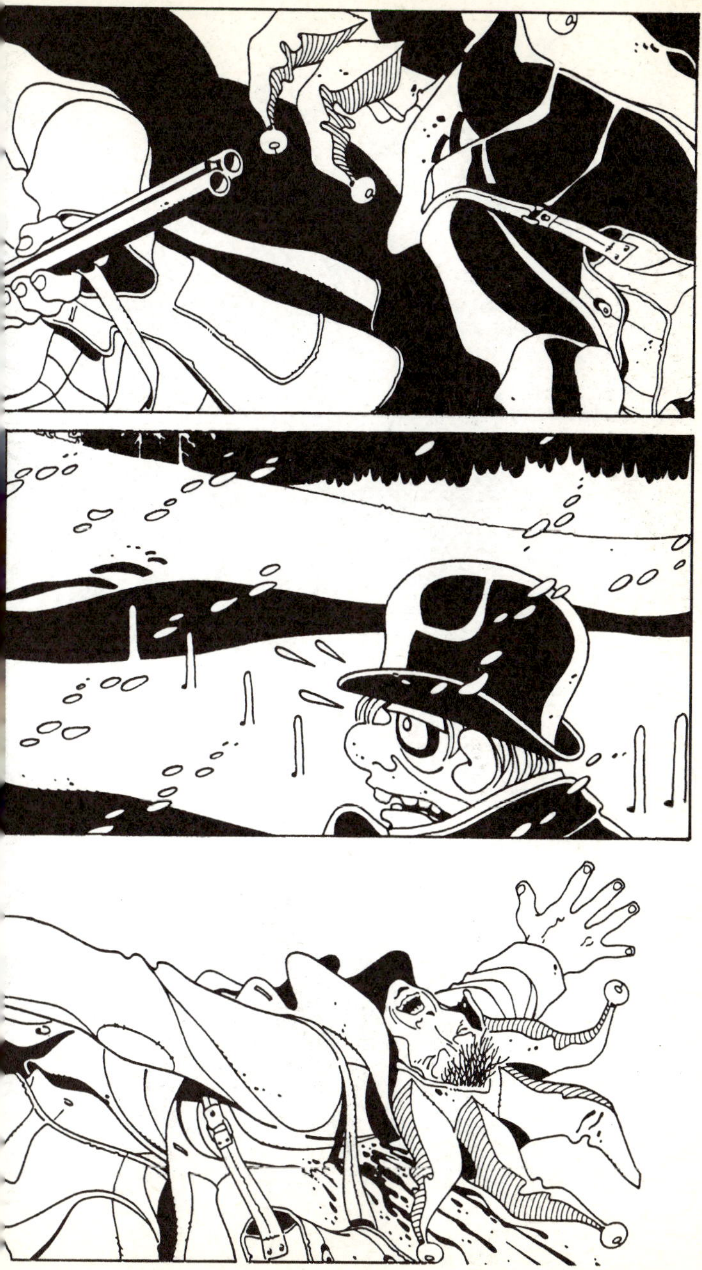

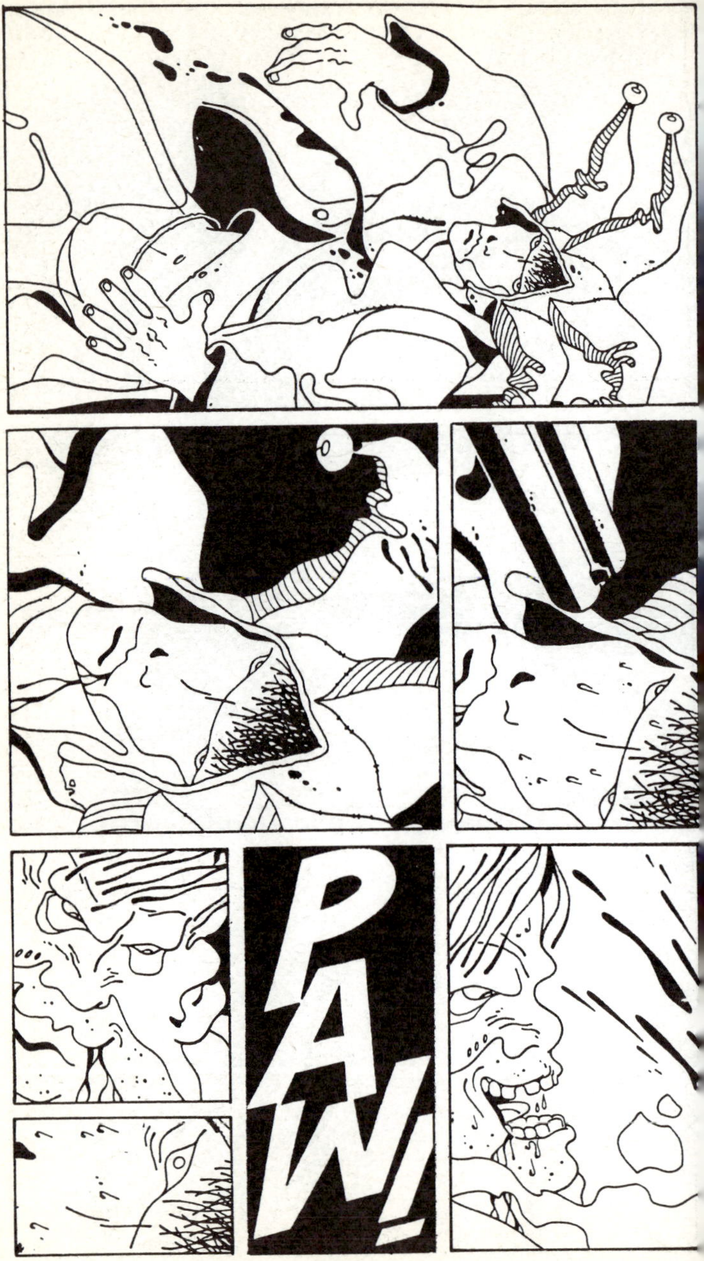
PAW!

ET VOILÀ!... JE PEUX ÊTRE TRANQUILLE MAINTENANT... LA TÊTE DE CE SALAUD A ÉCLATÉ COMME UNE TOMATE BIEN MÛRE! HA-HA-HA! BIEN MÛRE!
...CURIEUX DE SAVOIR CE QU'IL AVAIT DANS SON SAC CE COCHON!...
...
...
?!

... QUE ?... QUI ÊTES-VOUS ?... QU'EST-CE QUE VOUS ME VOULEZ ?...
T'OCCUPE PAS GROS LARD ! J'ARRIVE TROP TARD !... MAIS TU VAS PAYER... JE VAIS TROUER TA GROSSE PANSE !
... NON !... NON ! ÉCOUTEZ... C'EST UNE ERREUR... IL M'A ATTAQUÉ... JE... J'AI DÛ ME DÉFENDRE !
NE TIREZ PAS !
JE... NOUS POUVONS NOUS ENTENDRE ! J'AI DE L'ARGENT, BEAUCOUP D'ARGENT !... JE VOUS LE DONNERAI !

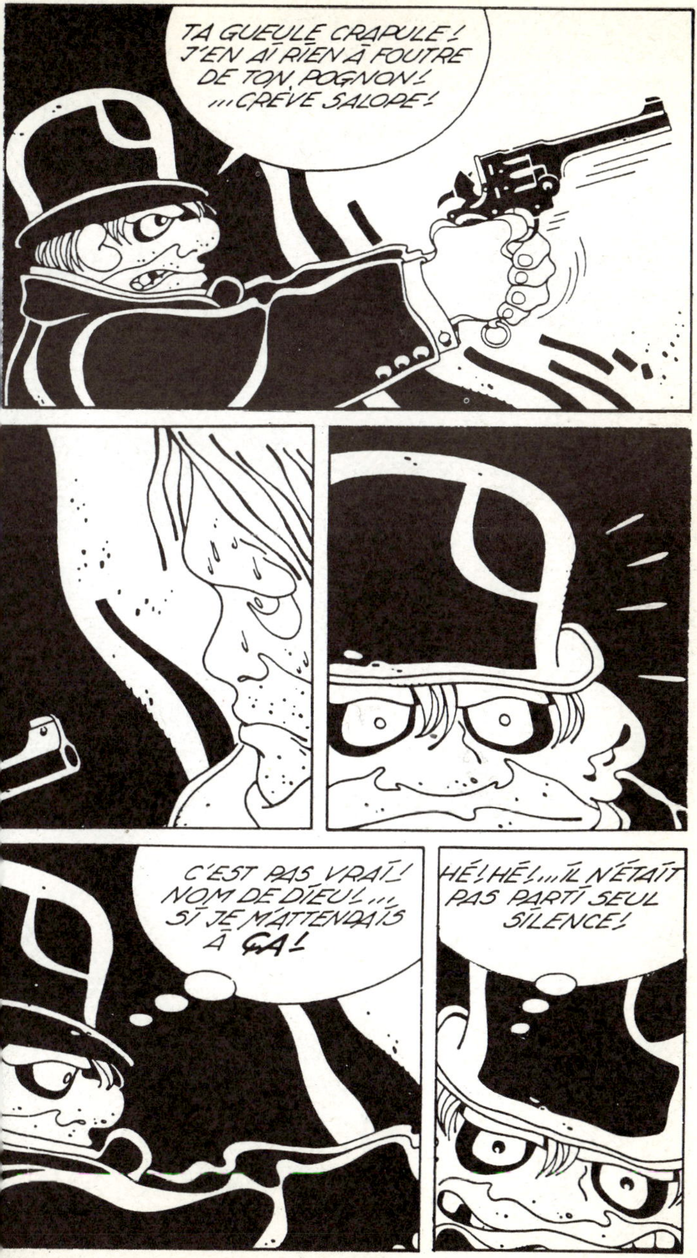
TA GUEULE CRAPULE! J'EN AÏ RIEN À FOUTRE DE TON POGNON! ...CRÈVE SALOPE!
C'EST PAS VRAÏ! NOM DE DIEU!... SÏ JE M'ATTENDAÏS À ÇA!
HÉ! HÉ!...ÏL N'ÉTAÏT PAS PARTÏ SEUL SILENCE!

MAUDIT NABOT! QU'EST-CE QU'IL A À RICANER AINSI? ...C'EST UN SADIQUE!... TIRE SALAUD!... TIRE QU'ON EN FINISSE!
NOM DE DIEU! UNE VIPÈRE!... VOILÀ CE QU'IL Y AVAIT DANS LE SAC!

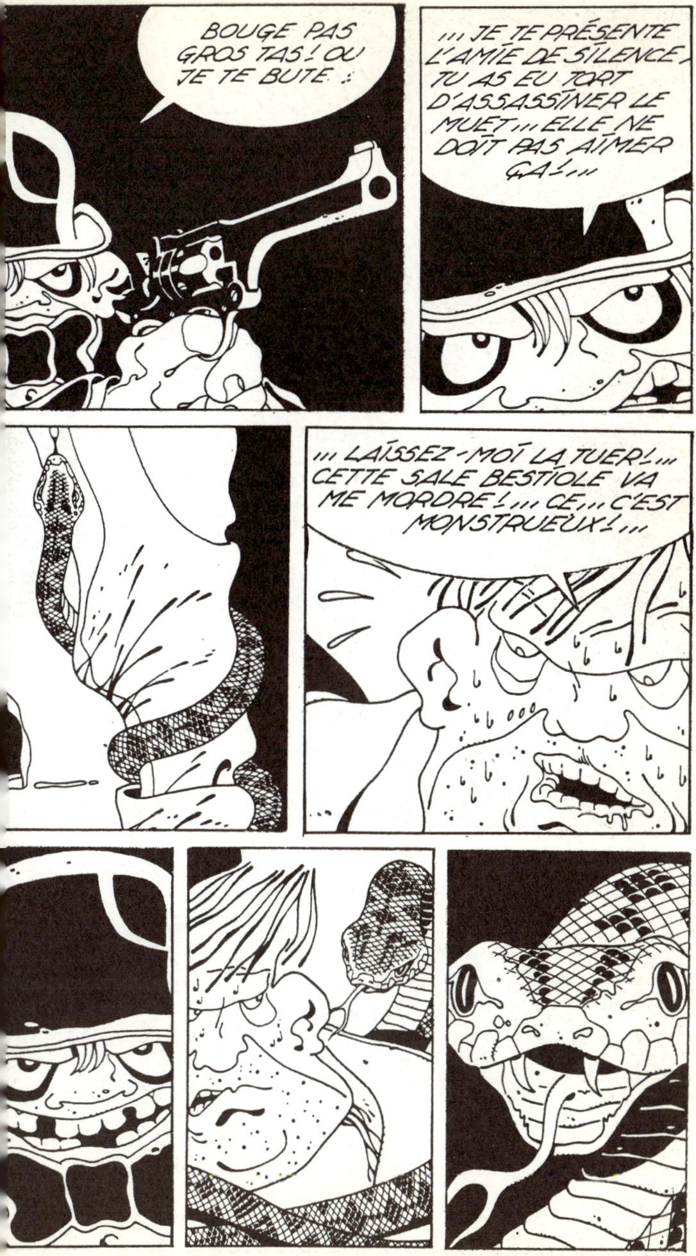
BOUGE PAS GROS TAS ! OU JE TE BUTE !
... JE TE PRÉSENTE L'AMIE DE SILENCE, TU AS EU TORT D'ASSASSINER LE MUET... ELLE NE DOIT PAS AIMER ÇA !...
... LAISSEZ-MOI LA TUER !... CETTE SALE BESTIOLE VA ME MORDRE !... CE... C'EST MONSTRUEUX !...

VOW
VOOOOOOOON!

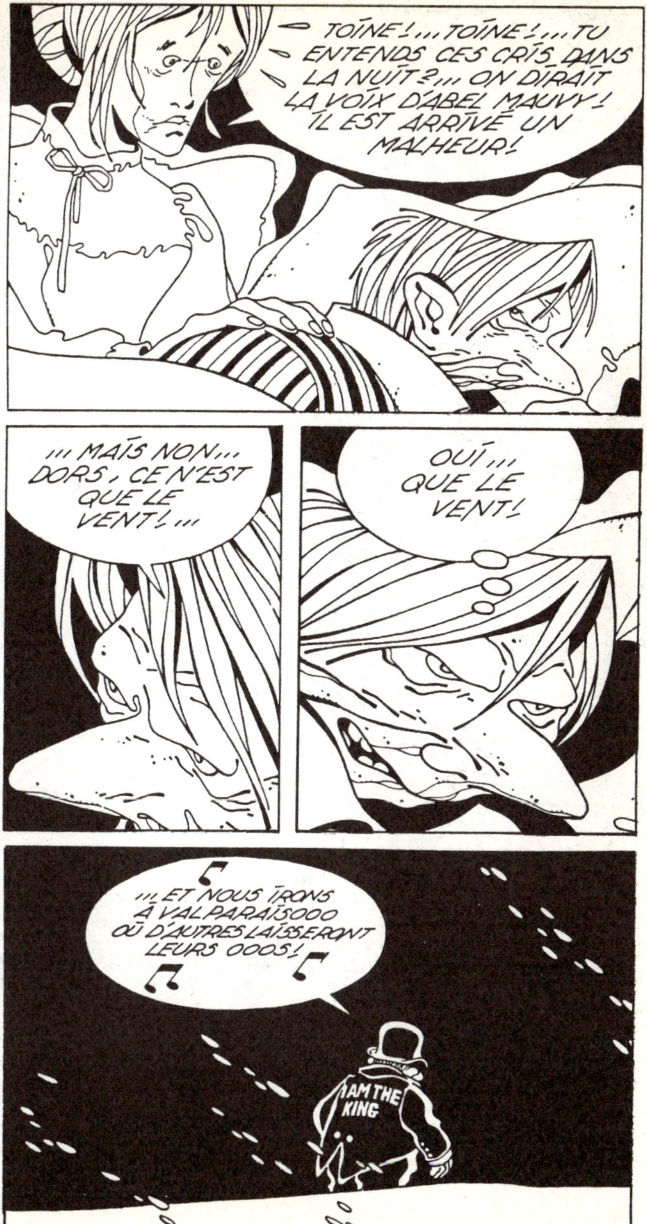
TOÏNE!... TOÏNE!... TU ENTENDS CES CRIS DANS LA NUIT?... ON DIRAIT LA VOIX D'ABEL MAUVY! IL EST ARRIVÉ UN MALHEUR!
... MAIS NON... DORS, CE N'EST QUE LE VENT!...
OUI... QUE LE VENT!
... ET NOUS IRONS À VALPARAÏSOOO OÙ D'AUTRES LAISSERONT LEURS OOOS!
I AM THE KING

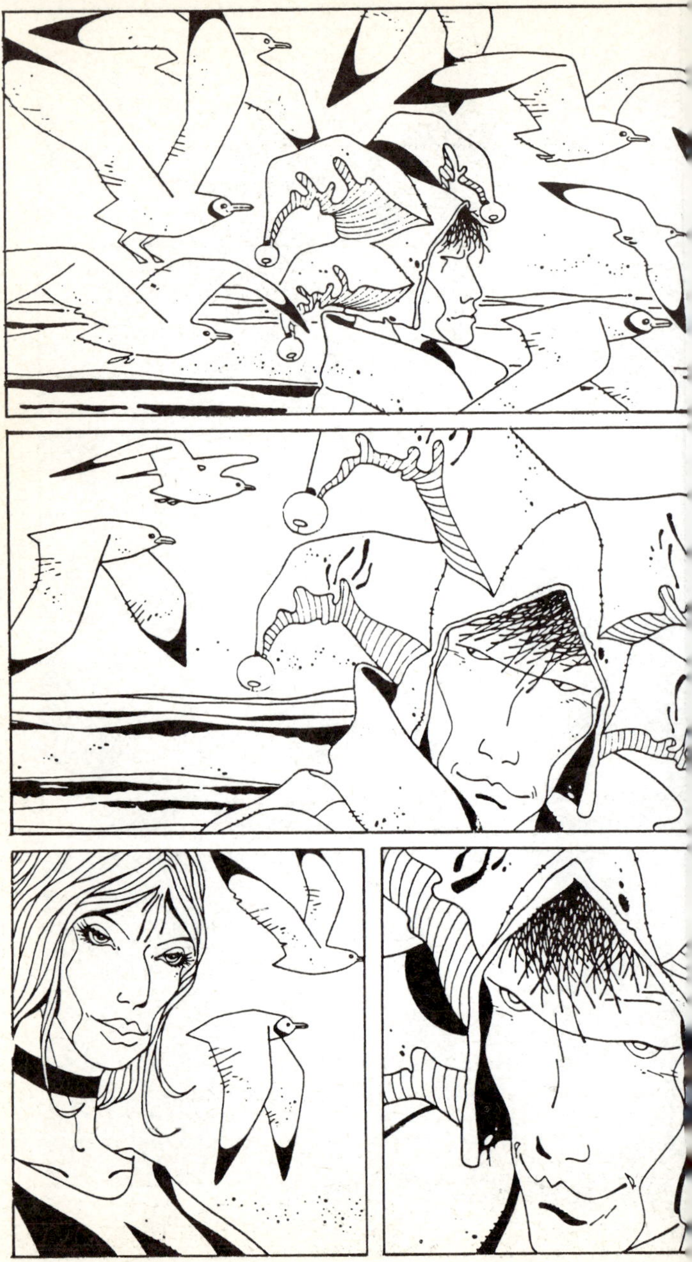

Dieter Hermann Comès.

Première marginalité qu'on lui refuse : son prénom.
A l'école de Malmédy,
les frères maristes francisent d'autorité son prénom...
pour une meilleure intégration !
Didier se révèle gaucher.
L'enseignement d'alors contraignait d'écrire de la main droite.
Aujourd'hui, Comès écrit toujours de cette main droite,
rationnelle et sociale,
mais il dessine de la gauche, intuitive et personnelle.

Il naît en 1942 à Sourbrodt,
dans le canton germanique de la Belgique.
Sa mère parle le français et son père l'allemand.
Le village lui-même est coupé en deux :
une partie francophone, une partie germanophone.
Son père est réquisitionné par l'armée allemande
et envoyé sur le front russe.
Il naît donc en plein chaos aux frontières de la latinité et de la germanie.
Bâtard des deux cultures,
il garde de son influence germanique un goût du fantastique.

A seize ans, contraint de travailler, il est engagé
dans une entreprise textile de Verviers comme dessinateur industriel ;
travail fastidieux qu'il compense par la musique,
son premier « moyen d'expression ».
Percussionniste reconnu, il joue
dans différents groupes de jazz, belges et américains.

Ce n'est que tardivement qu'il arrive à la bande dessinée.
Il publie pour la première fois dans le quotidien belge « Le Soir »,
en 1968.
Un éditeur bruxellois lui demande alors de réaliser *Ergün l'Errant*.
Cet éditeur fera finalement défaut
et c'est « Pilote » qui publiera cette histoire en 1972.

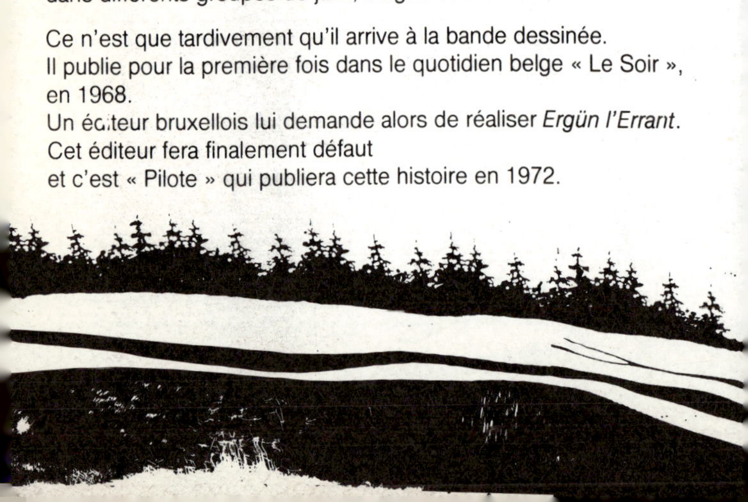